摇椅上
总有一本书

周淑娟◎著

应急管理出版社
·北 京·

图书在版编目（CIP）数据

摇椅上总有一本书／周淑娟著．－－北京：应急管理
出版社，2024

ISBN 978 - 7 - 5237 - 0074 - 7

Ⅰ.①摇…　Ⅱ.①周…　Ⅲ.①散文集—中国—当代
Ⅳ.①I267

中国国家版本馆 CIP 数据核字（2023）第 228515 号

摇椅上总有一本书

著　　者	周淑娟
责任编辑	陈棣芳
封面设计	宋双成

出版发行　应急管理出版社（北京市朝阳区芍药居 35 号　100029）
电　　话　010 - 84657898（总编室）　010 - 84657880（读者服务部）
网　　址　www.cciph.com.cn
印　　刷　北京飞达印刷有限责任公司
经　　销　全国新华书店

开　　本　710mm×1000mm$^1/_{16}$　印张　12　字数　133 千字
版　　次　2024 年 4 月第 1 版　2024 年 4 月第 1 次印刷
社内编号　20230617　　　　　定价　39.80 元

爱上阅读，学会写作

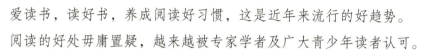

○凌翔

爱读书，读好书，养成阅读好习惯，这是近年来流行的好趋势。

阅读的好处毋庸置疑，越来越被专家学者及广大青少年读者认可。

大家越来越认识到，阅读将会对读者起到潜移默化的作用，既开阔了读者的眼界，也陶冶了读者的情操，它会不断引导读者不断提高自己的能力素质，调整自己的心情，缓解生活中的压力，帮助读者在丰富知识的同时增强胆识和气度。所以，引导广大青少年学会阅读，爱上阅读，阅读好书，越来越成为专家学者们的一大重要任务。

散文是一种抒发作者真情实感、写作方式灵活多样的记叙类文学体裁。广义地说，散文是与小说、诗歌、戏剧并列，在小说、诗歌、戏剧以外的所有文学作品的统称。但在当代，散文又专指那些形散而神不散、意境深邃、语言优美的文章，所以，当代散文又有了一个形象的称呼：美文。

散文的门槛不高，可以说，只要会写作文的人，都能够写散文。所以，在我国，每天都会有数不清的散文作品诞生。不过，尽管散文作品的量很大，但真正的好散文、真正能够传世的散文并不多。可以说，我们常见的散文大多是平庸的作品，所以为了能够在海量散文作品中发现优秀的散文作品，人们开展了多种多样的散文评选活动，其中名气较大的有冰心散文奖、三毛散文奖、丰子恺散文奖等。当下最为权威的散文奖项当属冰心散文奖，该奖项由中国散文学会组织，在著名作家冰心女士生前捐赠的稿费基础上设立，每两年评选一次，旨在评选出题材广泛、思想敏锐、能够深刻反映现实生活的优秀散文作品，被誉为中国散文界最为重要和专业的奖项。正因为此，每届冰心散文奖获奖散文作品集都极受欢迎，成为散文写作者的范本，也成为老师推荐学生阅读的精品。为了给广大读者提供更全面、更精美的散文阅读范本，我们从已经举办的九届数百名获奖作家中挑选出几十位最适合中学生阅读的散文家，请他们从自己所有的作品中挑选出文字精美、意境深远的作品，结集推出，希望编写出版一批为中学生所喜闻乐见的好的散文选本。

大家知道，与小说相反，散文是写实的，散文作家在写作时，如同用照相机拍照一样，用他们的笔墨触及身边的人、事和风景。即使是历史散文，作者笔墨描绘的也都是真实的人和物，所以，真实是一篇好散文要满足的首要条件。其次，好的散文在"形"散的基础上，实则上是"神"的聚焦，是思想的聚焦、灵魂的聚焦。正所谓说东话西，全都是为了一个中心。第三，散文注重抒情，注重遣词造句的美与高雅，注重每个篇章、段落之间层次的递进、并列和呼应，所以，散文又是不拘一格的。正因为此，阅读欣赏散文作品时，要能够阅读出新词妙意，阅读出谋篇布局，阅读出作者的所思所想，阅读出作者字里行间散发出来的对生活的热爱和对美好人生的向往，以及对万事万物的兴趣和景仰。

千万别指望别人给你提炼出一二三四的写作方法，即使有人总结出了什么写作诀窍，也千万不要相信。写作从来都没有捷径，要想写出好文章，必须进行深入的阅读，阅读最好的作品，阅读的同时不断分析作品，把作品拆开来思考。只有读出了每篇作品的结构组成，读出了人物刻画的方法，读出了语言运用的技巧，才会把优秀作品的营养吸收下来，从而转化为自己写作的智慧。

写作的门槛确实很低，但写作的台阶却很多、很高，我们每迈上一级台阶，都需要付出很多很多的汗水。让我们一起多读好文章吧，为自己写出好文章积累砖瓦，达到"对事物的观察十分细致，对人物的刻骨九分入骨，对心灵的把握八分精准"的标准。

自序

手握打火机的女人

《山乡巨变》《人生的枷锁》《包法利夫人》《红楼梦》《名利场》《红与黑》《罪与罚》……书，我，摇椅，光阴。

摇椅面对着玻璃窗，落地的、明亮的玻璃窗。摇椅面对着九里山和故黄河。九里山下，曾经是无数生灵厮杀的古战场；故黄河畔，苏东坡的黄楼静默依然。

我庆幸，我有一间自己的房间，而且还是一间看得见风景、看得到历史的房间。这正是英国作家弗吉尼亚·伍尔夫当年孜孜以求的。

"我的整个生命，只是一场为了提升社会地位的低俗斗争。"意大利作家埃莱娜·费兰特"那不勒斯四部曲"中有这样的独白。

"我从不觉得有必要创造一个世界来超越这个世界，因为这个世界在我眼中似乎一直够大、够美。"美国作家伊丽莎白·吉尔伯特在《万物的签名》收尾时写道。

我手中的这本《万物的签名》是 2015 年出版的。这么算下来，在儿子外出求学期间，以至我挣脱束缚的整个过程中，这本书就一直躺在某个地方等着我。它竟然在我的世界之外长达七年，这让我遗憾，甚至后悔。如今终于读到这本书，我有一种感觉——幸福的感觉，通透的感觉。

我买的这本《万物的签名》，浸润着酷暑气息，我和先生"错峰"读过。"美，需要一点冷落，才能应运而生。"书中的这句话促使我后来又买了一本《万物的签名》，请人帮忙带到万里之外，送给儿子去阅读。

伊丽莎白·吉尔伯特"创造"出了阿尔玛。阿尔玛在母亲的故乡阿姆斯特丹度过晚年。作为当时罕见的女性科研工作者，她对科学家华莱士说："现在我可以说，在我走到人生终点之际，我对这世界的了解，比我来的时候多一些。同时，我的一点点知识，丰富了其他累积起来的历史知识——可以说，丰富了伟大的图书馆。这可不是简单的事，先生。能说这种话的人，都过着幸运的生活。"我也过着这种幸运的生活，虽然我离人生终点还有很长一段距离——如果我足够幸运的话。

埃莱娜·费兰特是个神秘的作家，其真实身份和性别至今还是一个谜，无人知道是"他"还是"她"。这个作家塑造了莱农和莉拉两个女性形象。大学毕业后，莱农的处女作得以出版，紧接着她嫁入意大利名门望族，世界和人生迅速变化。尽管烦恼不断，她还是意识到她可以帮助别人了——"我已经不再是一个只剩下最后一根火柴的小女孩了，我现在储备了大量的火柴。"

我被这句话打动。我对自己说："你现在已经是手握打火机的女人了。"

我追剧（《我的天才女友》），又买书读书（"那不勒斯四部曲"），就是为了感受异域贫困女性的觉醒和书中那种无法言说的气质。我希望从中找到一条路，哪怕不太清晰，或者，被某种生活击中，哪怕有些疼痛。

我喜欢一个人穿越千里江山，如同我总是独自在书页中跋涉——和无数个有趣而痛苦的灵魂交谈，和无数种无奈而强硬的命运交锋。这样的时间和空间，盛放着阅读和欣赏，也盛满了我的思考。疲惫的时候，我就抬头往上看，那里有白云蓝天，月亮太阳，还有一架架飞机和一条条航线。

看，一弯上弦月悬于南面的天空，皎洁而清冷。在月光和路灯的双重夹击下，青松已经有了冬天的颜色，雪白着头发。柳树不服输，以绿意回应时光，虽然勉为其难——绿中已经带着黄。也有桂花香，在暗夜中释放最后的力量。此时，唯有秋声最好听。

一些艳，借着光；一些香，感谢风。来自背面的光，更能穿透事物本身；来自对面的风，才能送来隐隐花香。我这样观察秋天，也这样观照自己。是的，我的阅读，和我的游历一样，都是为了寻找自己。我想知道，真正的自己究竟是个什么样子。

阅读，是孤独者的乐事。孤独，是阅读者的享受。阅读伴随着我成长，也贯穿了我的生命。幸运的是，我拥有阅读者和写作者两种身份，我的人生空间因此而辽阔——哪怕一度被逼仄包裹，时间也对我慷慨起来——从古至今任我纵横。

我的阅读启迪了我的写作，就像我的阅读具有鲜明的个人印记一样，我的个性化写作——作为阅读的副产品——得益于我的个性化阅读。星辰般的作者，明灯似的文字，照耀我，引领我，启迪我，滋养我。我以文字回应他们的文字，我以思想映照他们的思想，并最终和他们相识相融。

　　如果说阅读是一条生气勃勃的漫漫长路，那么这些文字就是我在阅读路上留下的一串脚印。不管它们以何种面目出现，归根结底都是我的阅读历史和阅读地图，甚至堪称一个女人的成长史诗。

　　一个有风有雨、打雷打闪的夜晚，我站在高楼上听雨，眺远。闪电照亮的地方就是九里山，九里山下就是古战场。我一下子明白了，我所有的文字都是"牧童"拾得的"旧刀枪"，是一个女人内心的战争。

　　是的，争斗格局太小，战争才令人震撼。在这场战争中，我是进击者也是守卫者；我是"不舍昼夜"的见证人，也是那个作为旁观者的"牧童"。

　　出现在我摇椅上的书已经很多，但显然还不够，我的阅读渴望是那么强烈，超出了我早年的预期。年过半百，我不仅进入"叛逆期"——寻找自己，而且进入"青春期"——发现自己。

　　如今，我还在路上——还是那个走到哪里都带着书的人，坐到哪里都捧着书的人。我在路上，有时会被突如其来的想法吓住：如果不能阅读，我的人生该多么乏味！

　　上班，早到半小时，读书。下班，晚走一小时，读书。中午，晚吃饭半小时，读书。晚上，等母亲看完影视剧休息后，再读书一两个小时。等先生下夜班回家，读书的人便拥有了一个个深夜。

　　即便如此，仍觉得书海浩瀚，所读有限，这两天我就对天长叹："书到今生读已迟。"

　　我无数次借用古人的这句话，来稀释自己阅读中的紧迫感，释放自己内心和现实交汇时的隐约不甘。这句话是有来历的，那是清代才子袁枚向北宋黄庭坚的背影致敬，因为黄庭坚读书的前世延续成今生的卓越。

　　很多人问我阅读有什么意义，也有人断定"书呆子"活得没什么意思。我或许无法给出确切答案。读不读以及读什么，还有从阅读中收获什么，每一个人都有自己的答案。答案在字里行间，答案在时间空间。

岁月如梭，青春不再。我们用什么来支撑自己？

写作，终是一件寂寞辛苦之事，为何还要写作？我们孤灯夜伴，不过是想摒弃世间、内心的黑暗与阴影，使自己在归去的征程中变得更洁净、安然一些。

宁夏文友丽君问我："命运若弦，人生苦短。我们用什么来说服自己？"

我对丽君说："阅读，实为一件孤独寂静之事，为何还要阅读？我想借用英国女作家简·奥斯汀的书名来表达——具备了'理智与情感'，超越了'傲慢与偏见'，以此接近生命的本质，达到自由的境界。"

浮生若梦，道阻且长。我们到底该怎么办？

歌德的《浮士德》适时出现，又一次把我从情绪低谷打捞上来："人类最容易气馁，他们很快就会进入永恒的睡眠。因此我很乐意给他们找个同伴，充当魔鬼的角色，刺激他们。"

感谢"魔鬼"的刺激，我们不再气馁；感谢面前的经典，我们因此年轻。

目录

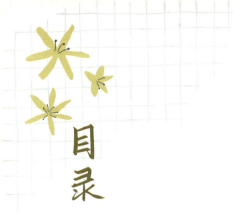

目录

目录

第四辑　人不负春春自负

目录

第一辑

我的心略大于宇宙

我就是那个读书人

那天晚上与友人聚于小南湖，饭前，我一个人走出去。夜色如水，水如夜色，一路不见一个人。风烟俱净，身心放松，才知道面前是山，身后是山——家乡果真"冈岭四合"。远处山上有座亭子，亭子的灯光映入水中，晃悠成一条黄丝带，长长的，皱皱的，离我很近。

饭罢，走到栈桥上，恍若立于湖水之上。夜空居然是蓝色的，黄丝带化作一团金块，是酒后幻觉还是本就如此？我不多问，感觉美好就行。我在心里说，风小了。

是的，风小了。中午，在深秋最后的暖风中，我拿到了《红楼梦新谈：吴宓红学论集》和《红楼梦评论》两本书。

从朋友圈看到吴宓评紫鹃的文章，感觉不过瘾，干脆买了本今人编集的《红楼梦新谈：吴宓红学论集》。提到宝黛深情不敌金玉良缘，吴宓说："盖理想与实事，常相径庭，欲成事而遂欲者，每不得不趋就卑下，以俗道驭俗人，乘机施术，甚至昧心灭理，此世事之大可伤者。"哲学家见真伪、道德家辨善恶、美术家别美丑，吴宓的看法引出了他的结论，"宝玉一生，惟以美术上之道理，为察人阅世之准则"。真伪、善恶、美丑，皆区别皆对立，而佛家所谓"无分别心"，是包容所有这些对立还是仅仅崇尚真善美？尚未悟得答案。不过照此看来，妙玉和宝玉都是"美术家"，不是真正的出家人。宝玉持有青春情结却最终出家，妙玉选择出家却有强烈洁癖，也是人生的大无奈。

王国维在《红楼梦评论》中自问自答："生活之本质何？欲而已矣。"他认为，有欲望的人，一种可能是堕落，另一种可能是解脱，而解脱之道"存于出世，而不存在于自杀"，因为"出世者拒绝一切生活之欲者也"，所以《红楼梦》中真正解脱的人只有宝玉、惜春和紫鹃三人。但我从不认为宝玉、惜春和紫鹃得到了解脱，他们只是被迫避世罢了。

夜游，与星光为伍，怅惘着时空的不来不往，安宁，静谧。回到家，洗漱看剧，疲惫至极，此时休息自是人间美事。不知是酒茶惹人还是牵挂亲人，夜半了却无法入睡。

就在我游湖的时候，远在他乡的儿子乘火车去附近城市接种疫苗。医护人员中有不少老头老太，对人友好，询问你时颇有耐心，回答你时又很有信心。等到家人微信群里出现"回到家了"（儿子在外经年，一直把宿舍叫作"家"）几个字，我以为自己可以安睡了，可还是睡不着。

儿女是什么？儿女是从你身体里蜕化出来的另一个你，是寄藏在你灵魂深处的另一个你。一位幼年即失去娘亲的作家，唯有想象母亲之于儿子的温热，却又比谁都懂得儿女对于父母的意义。

儿子于我，有上面所说的价值和意义，也有对这些的超越。我们的母子缘分，强过他人。低头自省，我发现自己还是低估了儿子对我的感情——一个将母亲引向远方的儿子，他的深刻无法测量。

亲友常感慨，儿子还是像妈妈。"估计是我选择了像我妈。"儿子的答复，让我感慨和感动，甚至令我震撼。人们常常抱怨自己无法选择父母，惯于把自己的不如意归罪于父母。孩子无法选择父母，却可以选择像父母，选择成为什么样的人。这，要付出多少努力？我无法一一感知，只知道儿子的自律，给了我教育——爱的教育，也给了我勇气——成为自己的勇气。

想到这里，我更感激我的儿子，他的自立成全了我，为我赢得了读书时间。儿子对母亲爱好的成全，不是传统意义的孝道，而是对母亲人格的"再塑造"。作为博士生的他，不知不觉延续了我的大学时代。

儿子在论文里感谢父母给了他无言的爱。先生说我对孩子的支持是一个生命对另一个生命的呵护和赞美，我则意识到我对儿子禀赋的成全，不仅仅是母性的本能——我对世间可爱的万物，也有呵护和赞美。

几年前的初春，我认识了一个人，一位无怨无悔的父亲。他的儿子三十岁了还在大学读书，不愿意离开学校，为父的挣钱辛苦却感觉甜蜜。我无福在大学读书一辈子，也没生发太多遗憾，家庭的学习氛围和持续自我教育似乎更适合我。

最近，我买了不少书。当我把一套丛书凑齐，我有成就感；当我把一本绝版书读完，我有幸福感。夫妻俩一起在食堂吃饭，我说我是真心希望父母和公婆身体健康，这样我才能安心读书。我知道，我是真爱读书。我是一个读书人，我这么评价自己。世俗给予我的所有美誉和标签，都不抵"读书人"三个字来得有力，来得入心。

和上学时一样，我喜欢在本子上随意涂抹几句话，是笔记，也是感想：买书三本，取书两趟。《西湖梦寻》待收，《红楼梦哲学精神》已到。"子瞻谪岭南，时宰欲杀之"——苏轼被贬岭南后，黄庭坚明说时任宰相章惇欲杀苏轼而后快。"洞霄宫里一闲人，东府西枢旧老臣"——章惇被贬，成为杭州城里的一枚闲人，源于苏轼苏辙兄弟敢于在"太岁头上动土"。早就知道章惇有攀崖题字、敲锣吓虎"壮举"的苏轼，是聪明一世还是愚蠢一时？曾经为苏轼仗义执言、"存问甚厚"的章惇最后落井下石，是德行有亏还是睚眦必报？

我读古人的书，可能是折服于他们的风骨和气量，远离那些小格局、小心思。我读今人的书，大概是喜欢大自然的美德和时代的质感，双眼从世俗中挣脱出来去仰望星空。

人们爱讨论读书，却不爱读书讨论。读书，就是读书，其实很难说明为什么读、怎样读：消磨时间，汲取知识，滋养心灵，学习技能，明白道理，参透得失，了悟生死……是，也都不是。

持书一册，翻读于榻。想象着层林尽染，在逼仄的室内也觉得豪迈阔达，倾听着寒雨打窗，我安如载雪之青山。

我，就是那个读书人，以阅读为自己画下精神地图。

生活在别处

下午去园子里散步，内心得到安宁。回来的路上，念头也生出不少。

我注重自我完善，从不热衷于干涉他人，一旦涉足他人的生活，便会陷入沼泽地，无法自拔。那么多人，要求我孝顺、贤惠、体贴、大方、慷慨、勤奋、低调、高尚……却没有人想到我曾经多么悲伤，又是怎样从悲伤中挣扎出来的，也没人想到我一直是多么艰难，又是如何从死局里突围而出的。所有的阴影都未驱散，它们只是被我放置到角落里。有时又觉得我就是那道阴影，从阳光下来，到阳光中去。遍布的雾霾，会挡住阳光，也终究会消散。如同，生命。

我活在两个世界里，一个是高远的、精神的，一个是琐碎的、世俗的——如同《红楼梦》的两个世界，一个是大观园内的世界，一个是大观园外的世界。但我坚定地走向那个美好干净的世界——也许正因为身处泥潭，才格外向往桃花源吧。一度，我自我放逐，把自己流放到犄角旮旯，渴望以"失败者"的伪装去赢取有限的安宁和时间。殊途，亦不同归。

一直不能挣脱一些东西。我很明白，唯有做荷做莲，才能出淤泥而不染，才能把污染源变成养分地。荷以向上的姿态，摆脱纠缠、拖拽、沉沦、黑暗，成为美丽和洁净的女神。古今中外，谁不膜拜她？只是，我不忍看她的根系，如同不敢看芭蕾舞演员的脚；我也不敢触碰她那带刺的茎，唯恐打扰了她那柔韧的坚强。那是什么样的刺啊，有其形，无其实，并不尖利，也不刮手，也许，她只是虚张声势，被迫自卫，从不愿意伤害任何一个人，哪怕是蓄意把她从中折断的恶魔。这善良的本性，深藏着无可奈何的囚禁——囚禁自己，亦因禁于自己。

恶魔啊恶魔，也在人心里。爱尔兰小说家约翰·班维尔自嘲过："我现在老了，或者至少正在变老，但是一个人内心的恶魔永远年轻。"这段话来自《时光碎片：都柏林记忆》，金晓宇翻译。金晓宇是自由译者也是天才译者，是不幸的人也是幸运的人——他从这世界经过，他留下了痕迹。

买了几本金晓宇翻译的书，到了三本，有些还在路上。买一个人的书，读一个人的书，是对他的尊重。哪怕，书款并不能落到他的手上。打开书，立刻翻看几页，发现他的译文确实细腻流畅，语言的感觉很好。

再次打开《时光碎片：都柏林记忆》，作家提到了他的母亲："对我母亲来说，生活总是在别处，对我来说也一样。她也让我想起——就像在我的韦克斯福德时代，我自己也常想起——契诃夫笔下的伊琳娜，禁闭在外省，却对莫斯科的魔力心驰神往。然而，她也像我父亲一样，被迫按照某种程式生活。"

这样的描述，这样的语气，让我一下子想起儿子。多年后他回忆起母亲，大概也是如此感想吧：那个一心梦想着离开故乡、生活在别处的女人；那个一辈子都在脱胎换骨、试图挣脱约定俗成的女人；那个拘泥于传统却不甘受命运摆布、无法忍受不真不善不美的女人。好在，在异乡深造的儿子，抚慰着我，满足着我，成全了我，解放了我——他感谢父母给了他成为自己的勇气，我感谢儿子给了我成为自己的信念。

异乡，为什么吸引着我？

"他们把自己托付给了自己。"法国作家帕特里克·莫迪亚诺在《蜜月旅行》这本书中说过这样一句话。不知是有意还是无意，我记住了这句话。

"你妈妈之所以能够脱颖而出，是因为她始终愿意做个异乡人。"先生曾这样和儿子对话。儿子佩服妈妈，不为别的，就是因为他看到了我是如何从原生家庭与不利环境中挣脱出来的。

逃离，是我此生的主题。很长一段时间我都认为囚禁于此是我的宿命，但我知道，我的"叛逆期"终于来到，且已经开始——从天命之年开始。一旦对人有所诉求，就会被人"捆绑"，莫向外求才能保持自在，所以我很能享受"自己"。

"有时候我们没有能耐与人家交流一句话……这超出了我们的能力。"《蜜月旅行》中的一句话，新鲜，也打动了我。

隆冬时节，半夜时分，我读完了这本书。法国作家帕特里克·莫迪亚诺的另外两本书寄身快递柜里，等着我去取回。

来自遗忘的最深处。这样你就不会迷路。

那天从南京回来，"复兴号"停在一号站台。在回家的轻松脚步里，看火车向北急驶，突然有些惆怅，想起了在外的儿子。多少次，高铁把我们带到上海，送儿子远行；多少次，高铁又像个老朋友那样把儿子带回我们身边。只要它打开门，就有团聚和分离；只要它张开嘴，就有人走出来，就有人走进去。

无法团圆的日子，我在努力中填满期待的沙，也在时空中寻找人的出发点和目的地。

"生为女人，是一个不容片刻逃离的事实，……男人的目光、女人间的反馈，路人肆无忌惮的评论，堂而皇之地对女人生活的监督和窥视，无时无刻不在提醒你的'身份'。"北京大学戴锦华教授的叙述，在意料之中，也在意料之外。

昨天，是英国女作家伍尔夫诞辰 140 周年纪念日，她的作品我看了一本又一本，一遍又一遍，也不知是什么样的缘分。如果说《达洛维夫人》是一片天、一条线，那么《到灯塔去》就是半生、一首歌。青春不再的达洛维夫人希望通过举办宴会找到"意义"，宴会尾声才意识到唯有面对内心才能抵抗虚空。头发灰白的拉姆齐夫人同样为青春逝去而焦虑，期待到达灯塔，找到永恒。而生活中那间自己的房间，却是女人的必备空间——经济独立，心灵自由。

"你必须烛照自己的灵魂，洞见它的深刻和它的浅薄，它的虚荣和它的宽厚。"我恍惚看见，伍尔夫正同异乡的大学生说话，神采飞扬，还带着点不平之气。

辛丑中秋纪

生活如同手电筒的光，有的人只看到眼前和脚下，有的人却在静等天亮，或者瞭望远处的光。于黑暗之中静候天亮，那是时间的事，归功于等待；看到远方的光，那是空间的事，归因于时差。我们之所以不同于别人，是因为不仅仅手里拿着电筒，而且看到了时间和空间给予的光芒和开阔。

眼里咫尺，心底千里。

读高阳的"红楼梦断"系列，发现了王安石的《无营》诗。王安石被罢相后到了江宁府，干了一年就辞职了，让人联想到《觉醒年代》中鲁迅在衙门口仗"牌"而立，上书三个大字："不干了。"王安石晚年丧子，受伤很深，归隐山林，还给女儿写了首名为《楞严新释》的诗。读到王安石儿子的祠堂在江宁钟山宝公塔内，不能不联想到苏轼的小儿子，就是苏轼希望"愚且鲁""无灾无难到公卿"的那个儿子，死在王朝云怀里。

世间多少伤心事，只能自己去开悟。读书，是明理之道、开悟之桥。世俗充斥着流气和戾气，唯有读书可以洗濯自己。世人太癫狂，皆因不读书、不敬畏。

我此生最大的幸运，就是坚持求学到大学，让自己有能力阅读先贤，有机会认识优秀的人。静心读书是一种真福气，与那么多有趣味、有才华的人直接交流是真福气。只要书本打开，他们就会开口——原来，隐遁自己是对的；原来，莫向外求是对的。

每次读完厚厚的一本书，都感觉幸福。作者拥有丰富的经历，这经历又化为文字中的美好与善意。受尽磨难后的宽容原谅、看遍世界后的开悟明朗，都会引得你一读再读。英国作家毛姆对同行的评价有时未免刻薄，但对德国文豪歌德却是心服口服，说他的文字不严自威，为那些头脑清醒的人提供了唯一的庇护所。歌德为何伟大？因为不同身份的人能从他的身上获取不同的灵感。

下班后，按照惯性去散步，意外地得到了几缕夕阳。一条鱼在水中跳跃，一只鸟在林间张翼，竟令人感动，而那些草木，安于命运，一声不吭。

想起那年夏天，在郭沫若故居看到的海棠果，饱满、丰盈。又想起那年春天，在家乡看到的白海棠，高大、安稳。一时恍惚，似乎听到顺治皇帝出家前说的话，"我本西方一佛子，缘何流落帝王家""我本西方一衲子，黄袍换却紫袈裟"。真假不需参透，越想越有意思。

太阳下山后，感觉奇冷，喝汤兼喝茶，才有了些许暖意。茶过三巡，书翻数页，一副对联出现在眼前："睡至二三更时，凡功名都成幻境；想到一百年后，无少长俱是古人。"这副吕洞宾邯郸道上度卢生的对联，自然令人想到《红楼梦》中贾雨村在智通寺所见的那副："身后有余忘缩手，眼前无路想回头。"文虽浅近，其意则深。

《邯郸记》《枕中记》《黄粱梦》。我在书中的幽微人性中穿花度柳，在历史的天空下登山渡水，看到一些人无辜死去，一些人罪有应得，还有一些人，"甘心自下，始获保全"。言及功名，有"一命二运三风水，四积阴功五读书"之说，所谓"场中莫论文"。

一本本书看过来，如同看一集集电视剧，未尝稍懈。午夜，我合上了《大野龙蛇》，久久不能入睡。虽是虚构的曹家故事，虽是《红楼梦》的另一种阐释——有的从正面加料，有的从反面补充，但《黄粱梦》和《红楼梦》的启迪无法回避。"委心任运，超然物外"八个字，里面深含多少阅历和阅读，个中隐藏多少人生和命运。一个人，甚至一个家族的荣辱，也只在那个时代才会志得意满和痛彻心骨，对后来者而言只是谈资和笑料，甚至毫无意义、毫无价值，最多唏嘘几声、议论两句。历史经验移植到今天，我们在乎的很多东西，在后来人眼里或许一钱不值，甚至留不下痕迹。

为何取名《大野龙蛇》？北齐文学家刘昼在《高才不遇传》有"辰为龙，巳为蛇，岁在龙蛇贤人嗟"的说法，小说用来隐喻平郡王福彭流年不利。福彭，是曹寅长女的儿子、曹雪芹的表哥，他的聪明才智没有用到琴棋书画上，而是被迫用到人情险巇上，逆心行事，苦不堪言。

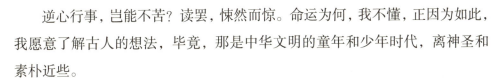

逆心行事，岂能不苦？读罢，悚然而惊。命运为何，我不懂，正因为如此，我愿意了解古人的想法，毕竟，那是中华文明的童年和少年时代，离神圣和素朴近些。

"一灯能破千年暗，一智能灭千年愚"——我的"灯"就是阅读，我的"智"也来源于阅读。

有趣的是，中国艺术研究院红楼梦研究所卜喜逢发现了我写作的一个"现象级"秘密："她写《红楼梦》的随笔，都能够完整表达自己，而其他作品则有所遮掩，有所保留。这，到底是基于《红楼梦》的厚度还是她的克制？"

对这个问题，我无法给出答案。也许，曹雪芹这样的作者和《红楼梦》这样的巨著给了我灵感，给了我赤诚；也许，我的人性关怀得益于"世事洞明皆学问，人情练达即文章"。

人说"人生百年如寄"，又谓"赤条条来去无牵挂"，"寄"的两端则是来和去——从来处来，到去处去。宝玉因出家而解脱，黛玉因死亡而离世，但宝玉和黛玉关于生命与生存、繁华与繁花的领悟，才是他们爱情的连接点，也是这两个文学人物强大生命力的根源。

黛玉曾经两次葬花：一次是宝黛二人共读《会真记》后黛玉葬桃花，那是甜蜜的伤感；一次是黛玉吃了怡红院的"闭门羹"后，哽咽着埋葬凤仙石榴花，这次是深刻的伤心。"明媚鲜妍能几时，一朝漂泊难寻觅。""一朝春尽红颜老，花落人亡两不知！"黛玉预料的未来是这样的，如何不令人伤心！

中秋节后，桂花开了，突然之间，这座城市就自带起香气。秋天的香风，令人心旷神怡，我岂能不珍惜年年看花闻香的日子！愈珍惜我便愈清醒，也许，我越清醒家人才会越安宁。跟着夜的声音往深处想，只有"自己"在虚空里好好历练一番，才能获得真正属于自己的东西。

思绪纷飞，突然有了一个重点：人间值得！是的，窗帘低垂，枕头适中，温度适宜，气氛友好，内心上进。就是这么简单的人间，就是这么朴素的一生，也好，多好！

对了，王安石那首诗是这样的："无营固无尤，多与亦多悔。物随扰扰集，道与翛然会。墨翟真自苦，庄周吾所爱。万物莫足归，此言犹有在。"

我的心关闭如一朵夜间的花

画外，音。意识，流。一个人南来北往着，画着经度纬度的坐标，时间空间的线条。

"刚日读经，柔日读史；无酒学佛，有酒学仙。"深秋，我在南京的江苏饭店看到了蔡元培先生的一副对联。

所有这些，在我心里，都是死亡和世界的悲伤。所有这些，因为会死，才活在我的心里，而我的心略大于整个宇宙。突然清醒的深夜，我读到了佩尔南多·佩索阿的《我下了火车》。

"当一辆车消失天际，当一个人成了谜，你不知道，他们为何离去，就像你不知道这竟是结局……"毕业季，西南科大数百名学生在食堂合唱《后会无期》《同桌的你》，场面感人，令人唏嘘。

《麦琪的礼物》《爱的牺牲》，两个短篇小说都具有典型的欧·亨利式结尾，出人意料却又在情理之中。如果你们曾是彼此相爱却又经济窘迫的年轻夫妻，一定会有同感。"他们的幸福才是唯一真正的幸福。如果一个家庭是幸福的，它再怎么拥挤都合适……"亨利先生的见解，多么富有正能量！

周末，在家的一角，设计出"木石之盟"：黄河石上方，新叶葳蕤，油绿翠生，老叶子却长疯了，被我扎成了"马尾巴"。看着叶子，重读《最后一片叶子》《麦琪的礼物》，对在监狱里写小说的欧·亨利多了些认识。而我，又是多么希望生活中"最后一片叶子"一直鲜活下去，"麦琪的礼物"又始终为对方付出。

生活却总是平淡，偶尔有悬念，也不会出现欧·亨利式结尾，所以我们总会被故事吸引，被歌曲打动。

晚间读聂鲁达的诗，阳台上的花都收敛了。"当我抵达最危险、最寒冷的峰顶，我的心关闭如一朵夜间的花。"美好的诗句，引我步入夜间的小园子。

夜空，飞机的灯闪啊闪的，告诉你它是南来的还是北往着。也就有点伤感，似乎游历的那个人是自己，也就更加喜欢聂鲁达："你像它们一样高，一样无言，并且突然伤感，如一次旅行。"

黄昏，三个女子邂逅了一片油菜花。赶在天黑前拍照，植物的态和香让人迷醉。终是不舍，两个女子又在次日正午去回访那片灿烂，天朗人困，柳絮袭人，昔日终不得重来。我记得那是在南京紫金山麓，四月的一天。

岁月饱满，山河壮美，人物寂寥，我依然在我的入世出世里沉浮。忙也不忙，累也不累，空也不空，虚也不虚，只是甘心与情愿，只是静默与疏离，为那一点点自尊，为那一点点独立。如果你不能原谅个体那颗出离的心，那就请理解祖国文化里的儒道释。

容人之量、识人之智、用人之术，这是武则天作为女人的傲娇之处——既不"三从"，也无"四德"。现代社会，很多人已缺了"量""智""术"，又何必强求别人面面俱到？

于是，我为自己选择这样的状态：清老简质，不为绮丽，隐到花草里，遁到文字里。

若隐，若遁。

我把流放地修成桃花源

晚间，持续阅读。拿起手订本的《文汇报》剪报，往事扑面而来。1992年，《文汇报》上连载《乱世才女张爱玲》，我每天从报纸上剪下来，装订成册，先生题上书名赠给我。当年对阅读的渴求，延续至今，新鲜如昨。这些书，常常是我看了先生看，孩子看过父母看，不曾浪费一本。

看了那么多的书，最凶险的世界，最美好的情感，最恶毒的人心，最澎湃的情怀，都知道了、感悟了。我阅众生如阅己，我爱众生如爱我。

晚间，闲聊写作。伏案的先生突然抬起头来问我："我们为什么要写作？"我不假思索地回答："一是不吐不快，一吐为快；二是内心宁静，世界高远。"

阅读与写作，固然美好，近期我却一反常态，强摁住阅读与写作的冲动，硬关上灵感与激情的阀门。

"鱼游于沸鼎之中，燕巢于飞幕之上。"做这样痛的鱼、这样险的燕太久了，我必须让人生的列车暂时停靠在小小的站台上，然后搭乘马车到某个童话小镇，赏赏花喝喝茶，无所思无所忆。真困啊，意识流、蒙太奇来了。

假期里的睡眠，如同拔毒，拔出了我体内沉淀了半生的累。一些画面，开始变得影影绰绰、虚虚实实，我不去思考生命能否承受，不去追忆似水流年，只留下一个孤独的散步者的遐想：背起行囊去旅行，寻找未知的价值和意义。

出行，是拔毒的另一种方式。我喜欢一个人走世界的孤独感、新鲜感。旅行，是我工作、写作之外的调剂和治愈，吸纳和积淀。

其实，读万卷书、行万里路，以至于阅人无数，都不足以支撑你的生活与写作。为什么这样说？"生活中离奇的事物吸引着他，他有一颗不知足的好奇心。但我觉得他的经历仅仅是身体的，没有转化成心灵的体验。"毛姆借《在中国屏风上》一书，谈到写作中更重要的不是丰富的材料，而是丰富的个性。

写作如此，生活又何尝不是？有时，我们走了很多的夜路，在书中又体验了无数种人生，却发现自己依然在原地踏步。因为，我们作茧自缚；因为，我们画地为牢。不从众已经不易，不因从众而自缚就更难了。虽然，远方与高处一直是我们的阅读追求与生活气质。

"女子大美为心净，小美为体貌。"北京姑娘浅海和我聊文学，引用了这句话。文学会不会妨碍女子的生活？我坚定地说它最终会成为生活中不可或缺的一部分，小姑娘则表达得清新脱俗："喜欢你的这种生活气质。"

站在生活气质的河中，接受着随波逐流，我仍能眺望生活个性的山坡——虽然望山而隔着山。

从那个"我"到这个"我"，成长于不断的挣扎和不断的抗争，经历是那么铿锵有力。城墙的敌意，暴露了我的软弱，我曾报以强硬，以同样的或者更多的。如今，我竟然能够笑中带些娇俏，因为，你的敌意也成了我的依靠。

从曾经的"得到"到如今的"得道"，骄傲于从未屈服、从未放弃，格局是如此意味深长。枯萎的牡丹花瓣，开在废弃的文件袋上。阅读，让我找到了失散经年的灵魂，尽管，白天总是觊觎夜晚的时间和空间。白天，魔幻现实主义将我包围；夜晚，浪漫现实主义向我展现魅力。

文友称我的文字少有小儿女的矫情，为女中丈夫。我无言以对，因为我只是把流放地修成了桃花源。

世间最痛苦的事，莫过于有过共同经历的人却最终无法沟通。有些人登高望远改变了面目和心肠，有些人渴望登高望远导致思维方式和生活状态与你格格不入。

数字足够大的时候，人们无视后面的零头。格局足够大的时候，背后的阴影也会被忽略。

"世上的所有产品，人是最有人性的！"烦琐的工作之余，先生发来这么几句话，"我们所能回想起的过往生活，便是带有思想和情感的诸多细节。"

寻找我的十七岁

大雪节气前，我去连云港参加省作协的一个创作会议。打车去会议地点，解放军第一四九医院在路边一闪而过。哦，原来它还在这里！

到了目的地，报到，放下行李，我立即回到宾馆门口。花了两元钱，坐上公交车，仅仅两站路，就又回到了那家部队医院。

地势没变，依然有高有低；建筑变了，我已无法回忆起从前。医院门口是一条大街，行道树的叶子完全黄了，掩映着那些设计独特的建筑。一眼看过去，行道树排列成两条黄色的帷幔，遮掩着我那遥不可及的青春。

这么多年，从未刻意寻找，从来都是机缘巧合。我在心里默默念叨：我不是来看病或看望病人的，我不是来寻找景点的，我寻找的是我的十七岁。

故地重游，深怀感慨。同样的风物，对人的意义大不相同；同一个城市，给人的印象也大不一样。

来连云港的路上，司机反复表达对连云港和南京的厌恶。他说他的邻居曾找上门来挑衅，而邻居家的女主人是连云港人，男主人是南京人。当他发泄时，我闻到的竟是旧时花香——"连云港女人"带来的大朵栀子花的香气。

香气，是有记忆的，缥缈的记忆。而记忆，也是有香气的，凝固的香气。

十七岁的酷暑，在那家医院住过院。同病房有一个七十多岁的奶奶，她的儿媳总是下班后来看望她，给她带来栀子花。对栀子花的认识、对栀子花的感情，就从那时开始。我那时饭量极小，买一份饭菜也就扒拉几口。老太太看不下去了，建议我不要再买饭菜，打算把她的饭菜分我一点。当然，我完全忘记了我是否采纳了这个建议，但是我一直记得这位老人家的好。

还有一个名叫"杨大流"的男孩子，似乎八九岁的样子，不小心摔伤了腿。小孩子好动，打了石膏的腿老是不痊愈，他的妈妈即便乐观，见了孩子的爸爸和伯父仍是控制不住地流泪。

我出院后，老太太和小男孩音讯全无。算下来，老太太应已经作古，小男孩也快四十岁了。和我保持联系的，是当年的一位哥哥。说是"保持联系"，其实那"联系"也中断了近三十年。今年，他试着往我父母家的旧址寄了封信，几经波折，我父母亲竟然收到了那封信。如今，年过半百的他在上海打拼，骄傲于他的儿子考取了公费留学生，也为我今天的成绩感到自豪。有人替你保存着青春记忆，这是种恩赐。

回忆当年，胆怯得不行，对人好也只是笑笑，对好人也只是笑笑。笑，是我的语言和行动，我甚至不敢迈出医院的大门到海湾去看看。

十七岁的我，到底去没去过海湾？关于这个的记忆不是模糊了，而是根本就没有。当然，没有记忆也不能证明就没去过，我们忘了太多的人和事。

我却笃定地记得，我和母亲坐在医院花坛的台阶上，我穿着她给我买的绿色荷叶边裙子。"皮肤显得更白"——这是母亲此生为数不多的"浪漫之语"。

今天的我，依然爱笑。但是，我早已懂得，每一个笑容背后，都有悲伤；每一个含笑的人心里，都藏着悲剧因子。或许，我们不自知；或许，我们不在意。

我请行人为我拍照，虽然他们不知我内心藏着个十七岁的女孩，也不知我拍下医院和街道的用意，但都热情地帮了我。

如果，我遇到十七岁的我，我会怎么说？"我做到了最好的自己，完全按照你的心意生活。"我肯定，我要这样对她说。

如果，十七岁的她遇到了今天的我，她会说些什么？"长大后我就变成了你，你没有辜负我。"我猜测，她会这样对我说。

太阳就要落山，树叶愈发金黄。我不但能轻松地与友人道别，也能痛快地和过往说再见。该返程了！

我不再乘车，一个人步行回去。我用眼睛抚摸这里、抚摸那里，我用相机拍拍海滨疗养院、拍拍航运中心大楼。走到高处，回头再看一眼。那家医院已经不见，如同我的青春，还有很多青春的记忆。

走到海湾，暮色四合。一个年轻的女人善意地问我："你一个人来的？"我说："我有很多同伴一起来到连云港，不过到海边来的就我自己。"她笑笑走了。我的鼻头冻得通红、冰凉，可我依然舍不得离开。

我自问，当时那么胆怯的我，为何走遍世界都不再害怕？突然，我愣住了，意识到自己走了那么多地方，原来都是为了寻找自己。

"最近你作品中的悲悯增加，深沉厚重，是文人情怀。雅士自处，文人兼济。你的阅读和写作，是为永不停止生长的灵魂。"寒冬里，文友的话直抵我心。有些关心，是关注你的灵魂，诸如灵魂成长和精神轨迹。

是的，阅读中，一时欢喜，一时伤悲，那感觉正如弘一法师所言，"悲欣交集"。人与人之间的壁垒，现实与理想的隔阂，瞬间被冲垮，出现了一个澄明的境界。

"你经历过的，都在你的精神里。你用文字为尺，丈量走过的路。"先生在微信上@我。遥想当年，我已与《红楼梦》结缘。与其说热爱读书，不如说执着于青春；与其说执着于青春，不如说懂得了自己是人世间的一个渺小过客。生命的层次如此奇妙，能体悟到这个，此生足矣。

以前，我是一个一直往前走、一心向前看的人，不曾留意那些途中走散了的同伴。"我以为我怕的是寂寞，原来却是热闹。"这是我的内心独白，也是我的画外音，所以我从不去寻找故人故事，也不喜欢故地重游。

去年，失散三十多年的老友找到了我，她感慨地说："我竟然找到了你，并且我们还都安然于世，真好。"这句话惊醒了我。是的，很多人很多事不会总待在原地等你，而你也不可能是一个永恒的存在。

如果"芙蓉塘外有轻雷"，那就芙蓉塘外听轻雷。既然"一寸相思一寸灰"，何不一生一世一双人？我的思维和生活都极其简单，以至于令人怀疑那是城府太深。

我对家人说过，我就这样简简单单过一生，不设心计，也不涉心机，看看命运是如何眷顾我抑或怎样折磨我。当然了，你们可以认为我这是与命运赌博，也可以认为这是我与世界结缘。

望山而隔着山

　　我把自己的心静音，用来倾听你的声音；我把自己的心清空，只为仰望你的星空。当我从历史的风尘中走出来，暮色已经靠近。

　　黄昏的地面清晰可见，简直让人晕眩；桂花的香气清晰可闻，简直让人眩晕。当我买好生活用品走回去，清晰的香味追我至电梯。

　　秋日私语，我看《牡丹亭》，也看《西厢记》。夜半不眠，我读《大唐李白》，也读《不能承受的生命之轻》。

　　米兰·昆德拉说"爱由隐喻而起"，而托马斯也总认为特蕾莎"是被别人放在篮子里，顺水漂流送到他身边的"。

　　品味、咀嚼，反思、正视。距离，是个好东西，如同雾里花、水中月，让我们感受美、感知善、感觉真，它隐喻着吸引和排斥，暗示着初识和分离。

　　小说和戏曲里，男女主人公的爱情大多来自偶遇。隔着距离，青梅竹马抵不过新鲜诧异，宝玉和湘云之间的知根知底，就不如和黛玉来得刻骨铭心，和妙玉来得心旌摇荡，和宝钗来得晦涩黯然，和宝琴来得轻松明朗。当然，黛玉、妙玉、宝钗、宝琴都是从外地走进贾府的女子，就连那十二个叫作这官那官的学戏女孩子也是从苏州采买而来的。

　　小说和戏曲外，读者和作品的契合往往也源于邂逅。隔着距离，看作者用外科医生的手术刀为我们解剖人性，看作者用家养动物的微笑为我们指引牧歌。就这么远远地打量，望山而隔着山，望湖而隔着湖，心怀惊诧，心怀好奇，一任落花，一任流水。

　　"既有凌霄之姿，何肯为人作耳目近玩？"《世说新语》中，名僧支道林这样说鹤。是的，青山隐隐，岁月匆匆，今天关于尧舜禅让的传说，却也遮掩不住"尧幽囚，舜野死"的脚本。

　　"含垢为好"，语出《聊斋志异·红玉》。如果忍辱能维持二人世界，含垢能赢得现世安稳，那么，放弃尊严与克制、不分好歹与是非的女子到底值不值得推崇呢？隔着距离，我们同情那些女子；删除距离，我们否认她们的价值。

白鹤的矛盾、红玉的是非，都被张大春先生牵引到《大唐李白》里。它是小说，但没有故事的吸引，也缺少线索的指引，只能在历史的性格里把脉、摸索。

女人的软弱是咄咄逼人的，总是迫使强者（男人）退步、就范，一步步把他往底层拖，直至他不再强大，甚至无助死去。特蕾莎作为女性的自我审视，提醒我们看看傲慢的幕后、偏见的背后。

貂蝉，美人也，也善用美人计，她演绎了"阴谋与爱情"的间谍戏，成功地游走于有勇无谋的吕布和老奸巨猾的董卓之间，古今中外无人能及。她是王允的歌伎、棋子，更是自己的演员、道具：计谋与心术浑然天成，花招和伪装天衣无缝。

特蕾莎的软弱、貂蝉的柔弱，都是女人用来对付男人的武器。妇人，有时亦没有"妇人之仁"。女友说，古语说"无欲则刚"，其实无欲也柔。那么，有欲有望的女子，是绕指柔还是百炼钢呢？

我离世界越远，就离自己越近。我从自己愈来愈平静的眼睛里，看到了一望无垠。

我不温柔

火红的太阳，在西边绽放。大片的紫色，安静异常。游人已去，天地苍茫。

格桑花道，只余我两个。先生拍夕阳，拍花朵，也拍我。

那是什么样的美呢？花之语，花之雨，先生说。花之最，花之醉，我说。

这样的话，美妙、精准，可还是无法"画"出花的美艳和风骨。灵机一动，我拿来先生微博上的几句话，做我的独白，做花的旁白——"渐黄昏／又将道别对花说：要坚强／于是，花有了铁铸般的力量。"

镜头里，花是铁骨柔情，外柔内刚，抑或，内柔外刚。而我，手若莲，心如莲，在向晚的花草中听虫鸣，听心声，只是一味地克制与持重，你看，我在夕阳里成了剪影，而花儿也就成了我的背景。

"我不温柔，不会做温柔的姿态。"在逐渐暗淡的天光里，在可以放肆的镜头前，我自嘲。

"你的温柔不在姿态，在骨，在髓，在忍性和韧性。这样的柔不融化在风景中，自己就是风景。"女友对我的解读，又怎能不让我心生欢喜？

女人若能与女人惺惺相惜，那一定是投了缘对了味，也一定和骨气有关。我若于黄昏踽踽独行，那我一定会听着秋日私语，也一定会想着天高云淡。

突然发现，我的心变得那么柔软，因为——深沉和高远。不由得感谢天空，不论夜空或晴空。

我知道，今后我将感激更多。所以，我珍爱，这点点滴滴，这花花草草，这时时刻刻。所以，我拍照，用来定格那点滴、那花草、那时刻。

"美极了""经典之作"，我的一幅照片，女友们不吝赐"赞"。

一袭黑裙子，一款红围巾，恍若在花的海洋里游弋。花儿簪上我的头发，然后又缀到我的围巾上，仿佛精美的绣品。我也喜欢照片中的自己，童年的感觉一下子浮上心头，全身心顿时充满了轻盈和静谧。

乡村公路旁，手搓玉米棒的大爷看我穿着凉鞋就要去花那边，提醒我脚下的玫瑰扎脚。带刺的玫瑰体恤我，一点也没伤害我。

河边草坡上，我采摘了几朵野花。回到家，野花本已垂头丧气，却又在水中抖擞起来，越开越烈。

晚上，先生发现一只灰色的鸽子停留在我家的窗台上，轻轻碰它，不走。先生疑惑，不知它是不是病了，我却认定它是在夜晚迷失了方向，找不到家了。第二天早上，阳光灿烂，张开眼，听到先生欣慰的声音："你是对的，鸽子已经飞走了。"

关心一些风物，不因多情，不为矫情，只因为那些风物关乎心。我，亦不要求自己温柔，也不知道如何温柔，只知在我的天空下含笑不语。

不会温柔，不懂矫情，然情必有所寄，怎么办？"不如寄其情于卉木，不如寄其情于书画。"《浮生六记》中这样说道。

花儿来绽放，鸟儿来歇脚，我也早忘了"我不温柔"这个话题和我有没有关系。

美好深处的忧伤

柳絮飞散，春花落尽，曾经的枯枝已经繁茂如盖。榴花且红，柳条正绿，老年人在卖力地甩胳膊甩腿，劳动力在殷切地等待活计。

这是夏日的清晨，我所看到的清新和勤勉。如果，你恰巧看到车窗边有个专注于忧伤的女人，那一定就是我。一段寂寞的行程，必深藏着美好。一切美好的深处，都深藏着忧伤。

你看，路边风景。那簇粉色蔷薇，竟然能从黑色铁栅栏缠绵到人家的门楣上，横过了院子，跨过了小路。这样的柔韧，这样的坚持，是让人惊艳到忧伤的美好。

你听，歌声飞扬。爱啊，恨啊，相逢啊，离别啊，亲密啊，背叛啊，直接铺陈痛苦。这样的柔软，这样的哀怨，是让人沉浸到美好的忧伤。

路边的蔷薇，车上的歌声，都是低低的存在，却都是以美好的姿态，如纯植物的柔软剂，带着香，裹着软，慢慢软化了强硬，清新了世故，让工作诱发的、如打了强心针般的状态蛰居起来。

寂寞的行程。

满满一车人，不干扰寂寞的感觉。寂寞如此美好，如此强大，以至于让人热恋。人生是场寂寞的修行，有时不需要人陪伴，只要知道你的前后左右都是人——贵人、敌人，只要知道你前行或者回头都有人——爱人、家人。

而旅游，也是场寂寞的修行。一样的美好，一样的强大，让人不能不迷恋。旅游时，最好一人，这样才能发现真正的自己，找回真正的自我。即便可以呼朋唤友，可以推杯换盏，也要走到美好的深处，找到美好深处的忧伤。

寂寞是美好的，忧伤是美好的。一天天，一夜夜。我是多么享受这样的寂寞，这样寂寞的美好。

上班的日子，我像打了强心针，被同事戏称"打了鸡血"。下了班，我在车上看看行人，看看风景，寂寞也跟上来。走在路上，我想想你，想想她，忧伤便浮上来。回到家，关上门，打开灯，收拾衣服，整理杂物，一气呵成，然后才是吃饭，简单到不能再简单。

回到家的高效和简单，都是为了接下来的享受——读书、上网。我看别人的文字，每一个文字都是那么通情达理。我也写自己的文字，"每一个文字都姓周"。我看别人的文字，用体贴入微的相知；我写自己的文字，以赤诚相见的勇气。

累了，屋里有花香，外面有霓虹；乏了，可以洗衣服，可以翻书本。朋友喜欢我，关心我——我的细节，我的大局，我的文字，我的穿着，我的寂寞，我的忧伤。你一句我一句的美好，都是深藏于夜晚深处的忧伤。

有人问我，我哪里来的时间。我没有回答，把这句话说给儿子听。儿子说，他很奇怪他们的时间都到哪里去了。

如果爱，所有的干扰都可以忽略，因为你的专注。如果爱，所有的破坏都可以原谅，因为你的赢取。不解释，不质问，就在忧伤的深处美好，就在美好的深处忧伤。

忧伤，多么美好！

第二辑

大自然拥有
人类一切美德

火车站，人世间的缩影

山一程，水一程。风一更，雪一更。

下车，风雨依旧，门口那株湿重的广玉兰，已有四层楼那么高。风把头发、衣衫、枝叶、细雨都吹往同一个方向，可它们跟从的却是各自的心声。

我不甘心窝在一个地方那么久，我不甘心被庸俗拖拽住，所以我喜欢在异乡走一走，我愿意和陌生人说说话。

人间四月天，春风沉醉的晚上，适合一个人在街上走，适合一个人去书店逛。空气是湿润的，飘着细雨。空气是芳香的，那是植物的香味。我能分辨出的是樟木香，还有一种我分辨不出来，可能是白玉兰或夜来香。

书店里、大街上，年轻人比较多。年轻人中又多懂事体贴的孩子，女孩子尤其好。看着她们，我的心里有个对比。有些年轻人还没长成就已经衰老了，好吃懒做，贪得无厌，衣服不洗，书本不翻，等着浮食，走着捷径。

一个好的城市，一个好的地方，必能吸引年轻人，塑造年轻人。

那个热心给我指路的女孩，那个认真挑选图书的男孩，让我想起了我的孩子，他在异乡也曾让老太太挎着他的胳膊穿过马路，他在繁忙的课业之余也喜欢阅读自己挑选的书。"你先是在书中发现了爱情，然后是人性，再往后是命运，最后是宗教、哲学。"昨晚，与孩子聊天，孩子分析出他的读书境界之进阶。

读书这种事，雨天可，晴天亦可；白天可，夜里亦可；春暖花开可，冰天雪地亦可；垂髫之年可，耄耋之年亦可。虽然无可救药，却也根本不用拯救。

"这个小推车里面放着书，和你的气质真搭，如果放的是蔬菜就不搭了。你是炭，外表是凉的，里面是热的。你，是个性鲜明的人。"我把小姑娘帮我拍的照片还有自己那段"不甘心"的文字发给孩子看，他这样说。

静下来，我自问我的个性究竟如何鲜明。是从善如流与疾恶如仇形影不离，

摇椅上总有一本书

还是像毛姆所说的那样"平时颇能从善如流，但不疾恶如仇"？待人接物，最好温和平静，但我又怎能不呵护内心的风暴和丘壑！

我把在书店拍的那张照片发给他看，他说："人融于书海，像画。腹有诗书气自华，读书人自带光环。"我的身边不乏嘲弄读书人的人，当然也不缺热爱读书的人。好在，茫茫人海中我遇见了——那些相通的灵魂、那些精神的血缘。

当我的身边无法避免地集聚起负能量的时候，我开始努力向外拓展、向上延伸。我没有高人可以依靠，也没有高明赖以支撑，只能出于一种天性、一种本能。看来，读书人不仅自带光环，还自带天眼。

背景。镜头。

正式说说那张照片的故事吧。金陵金秋，先锋书店，请一美丽女子帮忙拍照。女子去听齐豫的演唱会，到早了，便先到书店逛逛，也是一个人。闲聊中，知道我们是老乡，于是加微信。笑着告别前，相约下周一起吃饭。世间奇缘，原来那么美妙。

就这样，认识了一些人，了解了她们独特的经历，为之感动，并从中获取力量。多是偶遇，却也说得出渊源。她们，如同那些摆放在橱窗里的文物，经历了岁月，愈加艳丽。蒙尘，只是暂时的。

那个周日课堂，无法遏制地起了归心。没带书，没带琴，没带电脑，在书店买的书也一鼓作气快递回家了。怅然，迟钝，如同爱烟的人突然戒了烟，却突然领悟到了人的有限性。

知道人的有限性，也就好原谅自己了。一旦原谅自己，也就能找到出路了。你看，爱的美好，就可以对抗苦痛，让人坦然面对死亡，甘心埋骨青山。山的那一边，是一种重生吧；异乡，是一种转世吧。

微风细雨中，我乘坐公交车去先锋书店；胡思乱想着，又乘坐公交车回钟山宾馆。不是不舍得花那个打车钱，而是想一站一站坐着看，尽量拉长"看"的时间。

下了车，慢慢走回宾馆，看到敬业的人们还在灯光下忙着，旧的会标已经撤下，新的条幅正在挂起。不知怎的，就有了痛心之感。

从未像那天似的，强烈感觉到宾馆与车站就是人世间的缩影与隐喻。

宾馆里，一拨人热热闹闹走了，一拨人熙熙攘攘来了，走的看不到来的，来的不知道走的。这，很像前生与来世。只有同期抵达或日期交叉的才能相见，这，很像今生。

车站里，一辆车轰隆隆走了，一辆车呼啸着来了，走的乘客见不到来的，来的乘客不知道走的。这，很像前世与来生。只有在候车室停留的人才能相见，这，很像今生。

当然，宾馆或车站的某个人乘车离开了，也可以说他剥离了今生，奔向了来世。

次日，中雨。

在南京南站，我看到了一个人，脚上戴着黑色镣铐，头上遮着黑色甩帽，伛偻着并不高大的身子，趿拉着一双黑色拖鞋，脚上的皮肤却白得触目惊心！黑色的人，黑色的人生啊！

刹那间，我的眼眶红了，为那些罪与罚的背负，为那些美与好的毁灭。每个生命，每段生命历程，经历了欢乐颂，能不能写下忏悔录？在嘈杂的车站里，我坐着，想起了《红与黑》里的于连，想起了《罪与罚》中的罗季昂。于连甘心赴死，罗季昂甘愿接受惩罚，因为自知需要忏悔，因为懂得必须赎罪。

开始检票了，该回家了。回家真好，自由多好啊。一群人迅速消散，像鱼一样，潜到自己的水底。一列火车，顺着洋流，或逆着洋流，完成一些出发、一些抵达。

从异乡到家乡，虽然我一直怀疑自己有没有"家乡"这个概念，但家国的感觉始终强烈。如果人生能够重新开始，我一定选择摆脱自我束缚，让"我"与家国的联系更为紧密。

从此岸到彼岸，长途越渡关津，又何惧逆行不遁行的。只是，这个忙碌的春天，给了我善意提醒：心虽有些不甘，力亦有些不足。人到中年，忙到"不能容针"，三头六臂不够用，还得拥有十八般武艺，而那十八般武艺也要样样精通。没时间抱怨，没精力纠缠，尽量绽放，尽力担负吧。

看到风，想起父亲

　　早上，暴雨如注。我站在窗前，想象着母亲怎样拖着受过伤的腿上下公交车，怎样冒雨走进医院去照顾她的亲人，怎样穿着淋湿的衣服被空调的冷风吹着，内心不禁下起了小雨——多少无奈！多少悲凉！"母亲，你是不是寂寞？"以前，我这么追问。"母亲，你到底值不值得？"今天，我这样叩问。

　　春天里，母亲骑三轮车摔伤了腿，住进了医院。她爱吃牛肉板面，怎么吃都不腻烦，我们姊妹俩得空就从实体店买，没时间就从网上买。母亲嫌贵，几次阻止，但是我们都看得出母亲很享受这种被人呵护的日子，哪怕腿还疼着。

　　"是啊，从前都是岳母疼孩子，哪怕孩子再大，哪怕孩子又有了孩子。其实，做子女的应该意识到，老了的母亲也需要有人疼有人陪啊！"进出病房，先生这个"外人"都能发出如此感慨，更何况她老人家自己身上掉下来的"肉"呢？

　　我和先生对母亲的友善，与其说是孝敬，不如说是对一个老实本分女性的同情和抚慰——深切的同情、苍白的抚慰。

　　雨被风吹着，直往屋里钻。风是存在的，可是你却看不到它。风，难道是一个人的灵魂吗？如果是，那么雨就是一个人的皮囊？我不能免俗地想。

　　"看"到风，我又想起了父亲。他幼年丧母，晚景凄凉，一米八五的个头早已低如草芥。那天晚上，我们坐在路灯下的石碾上，本该涕泪滂沱，而父亲说起的竟是自己的青春年华。洛阳当兵，退伍回家，因为亲人而命运多舛。结婚生子，养儿育女，为了亲人付出美好年华。

　　我相信，父亲的青春一定是存在的，可是却没人看到它，正如风一样。我相信，正义是存在的，但大多在远方——对很多人来说，远方隐喻的不是诗意，而是正义。

　　去年此时，我正在长白山上，和朋友一起。吹过一阵凉风，淋了一场细雨，却在雨停雾散之后看到了天池，感叹着自己运气真好，享受着从未有过的轻松和快乐。

次日，妹妹的电话带着哭声来了，告诉我，弟弟得了重病。那天，东北边陲艳阳高照，我的世界却突然断了电，眼泪夺眶而出，猛地明白了不久前自己在北京学习期间所做的噩梦——命运紧紧扼住了我的咽喉。

时隔一年，此时此刻，徐州的天阴沉着，雷声滚滚。明知某种悲剧在行进，人却必须接受。

白天，路由车辆铺就。每一条路都井然有序，向着幸福与富足延伸，这是局外人想到的。车里的人是什么情绪？是不是每向前一步都更接近悲伤？

夜晚，家由灯光组成。每一扇窗户都透出灯光，温暖而明亮，这是旁观者看到的。窗户里的人是什么情感？是不是每一盏灯都透着寒光？

面对九里山，朝向故黄河。灯火沿着山坡向上走，几乎与天幕会合，却把两个山头从中阻断。黄河故道两侧，汽车打着"灯笼"，蠕蠕而动，像极了默片。没有了白天的喧嚣和拥堵，我所听到、看到的一桩桩悲剧也隐没到了灯光和安静里，但是我却无法忽略那些苦难。友人赞我"心生慈悲"，我是真的不敢"作如是观"。

在生活面前，我已然深深低头屈从，也许还将虔诚下跪。在岁月里，你可能不如一棵树、一株草坚韧；在风雨里，你只会更虔诚、更敬畏。看开、放下，需要大智慧抑或大迟钝。我自问，是否活得太拘谨？是否活得太寡淡？

各种不易，各种不安。亲人之间，有时都隔着一堵墙、一座桥，何况他人呢？所以尽可能对任何人都予以理解，对任何事都要宽容。

"亲情对人绝对是种束缚，有时还会造成伤害。"当我困惑时，年轻人对我说。我能理解年轻人的尖锐，人到中年的我不是也注重起"精神血缘"了吗？只是，我比年轻人更懂得，亲情即便不是束缚、不是伤害，也会让人疼痛不已、动弹不得。人人都说我心宽，我又怎能不泪流满面？

"人与人之间搭不成桥。"我在夏目漱石小说《行人》里看到这么一句德国谚语。奈何天，伤怀日，寂寥时，邂逅一本好书，于是，在沉闷的夜里手不释卷，感受生命之轻与生存之重，困惑亲人之重与亲情之轻。

长歌当哭，我却笑着

对同一个人、同一件事，有的祈祷、有的诅咒。无他，心"异"罢了——心不同，则意不同。

2018年，对我来说是个严重考验，可谓悲欣交集、冰火比肩。"我们从她的作品里，看到的只是有限的人和事——她关心的、热爱的。那些她不关心更不热爱的事情，成为一个巨大的黑洞，吞噬了读者对她生活的关注。"这样的评论，直抵我心。

"从这个繁忙的五月开始，走回自己的内心，回归曾经的天真，如同一株花、一棵树，隐于角落，遁入生活。"正当我暗暗打算"弃文"的时候，六月却给了我惊喜：我的散文集《纵横红楼》获得了"冰心散文奖"，拟写的长篇报告文学入选省作协"重大题材文学作品创作工程"，中国作家协会创作之家也从北方吹来了凉爽的风。

莲心味苦，终于也让我尝到了甜味。曾经，如鱼去鳞，似蛾扑火；如今在对立中和风细雨，在对比里成就美感。

"己所不欲，勿施于人。"不以世事相扰，不以人情相挟，便是真爱，便是恩情。而我，有幸得到了这样的真爱和恩情，来自远方——那是精神血缘，因为文学——那些灵魂相通。

"希望读到您更多的好文章，特别是好心情之下写的文章！希望您为了自己的家人和那些朋友读者，好好生活！咱们连云港还有对您很敬重很喜欢的朋友。"连云港文友的话，怎不令人感动，每个人都活在自己的世界里，不轻易接受别人的思想。愿意互相了解，得是什么样的机缘啊！

河北文友看到我当年发表于大学校刊上的毕业论文，建议我继续走多年前的"研红"之路。其实在大学期间，我就没准备走研究之路。对于《红楼梦》，我是这样的态度：无他，唯爱好而已。这个"好"字，读第三声和第四声都好。

　　如今反思起来，这种爱好也是任性，也是肆意。高中文理分科的时候，我用半天的眼泪换来了去读文科的机会，死活不进理科班；高考之前填报志愿，我又自作主张地报考了中文系，那年我的高考分数是 521 分。为什么会这样选择？仅仅是为了文学。在南京读书的文友说"521"是表白分数，看来天意如此，那时的我就向文学表白过。

　　一切跟着爱好走的人生，有些时候是苦恼的，更多的时候是满足的。这种满足，大多满足的是自己，无法顾及别人满不满意。我这到底算是任性还是"一痴"？

　　不管是任性还是率性，成功还是失败，英雄还是狗熊，过去的都过去了，该留下痕迹的也都留下了，现在还要为未来去沉淀，每一天都是新的开始。"唯有对爱好，年龄才不是限制，反而是成全。"这句话从我心底迸发出来。

　　"拙著《红楼梦脂评汇校本》繁体修订版已出版，请赐告地址和电话，将奉寄请教。"广东潮州吴先生的留言自然令我惊喜，同时浮上来的还有惭愧之情和敬佩之意。他自称"老汉"，且两次寄书给我，也定是爱好使然。我不打听他年方几何、阅历如何，因为这些对我来说都不再重要。

　　《白痴》《复活》；《罪与罚》《红与黑》。夏日炎炎，心事重重，做一些记录，存一些念想，就让文学带你飞离庸常，就让文豪带你认识自己吧。"哪怕是一只流浪猫，也要保持自己的骄傲。"我在心里默念。

　　在文学的世界里，我就是一只流浪猫。小区里的那只猫总是站在生锈的铁栅栏外，等待投食的人们到来。我呢，只能游离于研究机构和专业创作之外，而这，并没能妨碍《红楼梦》成为我的兴奋点，也没能阻挡文学给我输送营养。

　　《红楼梦学刊》编辑部卜老师，看我跳脱的散文结构，也让我看他严谨的论文框架。那种交流，会达到一个标点一个字词，那种信任也抵达了一定的精神纹路和灵魂刻度。

　　"从爱情唯一到青春唯美，从人情冷暖到人性善恶，这是之前我看《红楼梦》的心路历程，如今，生命观照和哲学关注促使我转向。"我向卜老师坦言。

　　广西"红友"（因为爱好《红楼梦》而结识的朋友，我们称之为"红友"）潘先生，说我的文章使他想起了鲁迅先生的那句话："在我的眼下的宝玉，却看见他看见许多死亡。"他说《红楼梦》的"死亡"表现形式多样：因一朵朵鲜花的凋谢，有了黛玉葬花；因一个个生命的逝去，有了宝玉对金钏儿、晴雯、黛玉等人的祭奠；因惜春、妙玉、芳官的心死，有了她们孤灯青影的无奈抉择；因贾史王薛四大家族的败落，有了曹雪芹呕心沥血的《红楼梦》。

潘先生的说法印证了我的看法，引得我戏称："人生如梦，我竟然醒着；长歌当哭，我竟然笑着。"

凛冽的风，左冲右突

零下十几度的天气里，骑电动车的人们层层包裹起自己和孩子，像一个个五彩斑斓的粽子，翻滚在大街小巷。

路口，等红灯的帅小伙从电动车上挪下来，抓紧时间在坚硬而灰暗的地上蹦了几蹦，嘴里哈着白气，脸上青紫不定。绿灯一亮，他又骑上车跑了。

唏嘘不已时，妹妹的电话打来了，我的思绪随之从众生皆苦转为人生苦短。妹妹说着说着就会流泪，而我，有过很多思考，也读了不少书，意图找到一点答案，关于生死，关于生命，关于命运。

生命教育，一直是我们欠缺的。周围没有人告诉我们无常会来，"得失成败"只留下"得到"和"成功"，所以成功学泛滥成灾，心灵鸡汤煲硬了一个又一个本该柔软的心灵。生命教育，也一直是"向上"的，诸如：你好好学习就会有好成绩，你好好吃饭就能长命百岁，你好好工作就会有美好生活，你好好爱家人就会永远在一起。

这种"向上"的欠缺，最终会带来苦不堪言——一旦你遇到任何风吹草动，任何风吹雨打，这种欠缺的"向上"，最终也会带来人性之恶。准确地说，应该叫作平庸之恶。嘲笑苦难而不自知，挖苦受害者却得意扬扬，缺少敬畏心还理直气壮。

我的人生是连续的——从纪元上来说；从时间的流淌上来看，绝对又是隔断的——我觉得自己有过两三次重生。我不知道我是不是刻意忘掉"前世"经历的一些人和事，我也不确定在新的人生里我是否真的消弭了过去的痕迹，我只知道，文学救了我——是如鱼去鳞般的疼痛不已，是飞蛾扑火般的脱胎换骨。此后余生，我背叛什么，都不会背叛阅读，或者说，无论什么背叛了我，我都不在乎，因为我还可以与文字同在。

如果你认真观察写作的人，会发现他们的表情呈现两种特征：一种沉静凝重，一种简单纯净。拥有这两种表情的人，喜怒都不会"形于色"，这应是长期思考、独立创作带来的。所以，面相之说，不是迷信，而是科学。你的人生阅历，你的内心行止，怎能不出现在面相上，怎能不体现到命运里？

上班路上，先生与我闲聊："你们作家既然已经站到了人类精神领域的前沿地带，拥有比常人更敏感的心灵，那么请一定要做引领者，引领人们读书，引领人们思考，用最美的语言把你们的思考告诉人们，让读者能够认清生活的本来原则、生命的本质特征。这样，才不负一个作家的头衔。"

是的，哪本书不涉及别人彻骨的爱恨生死？哪个作家不引导读者思考生死？读书，对人的启迪不是三言两语能说清楚的，读下去的人自然懂得。

当年，儿子和父母聊毛姆，聊《刀锋》，聊《人生的枷锁》，一聊就是一小时——在远隔重洋的视频里；如今，儿子对我们谈陀爷（陀思妥耶夫斯基），谈《白痴》，谈《罪与罚》，三口人围着餐桌，不知不觉就是一晚上。

"你的著书立说，不仅仅带动区域发展，也是为影响这个时代做出了贡献。为你骄傲，坚守不容易。"素未谋面的胡女士通过微信对我说，她在国家图书馆见到了《贾汪真旺》这本书，并在那里完成了阅读，"只有在书的世界，我们的内心才不会空落。你的使命还未抵达终点，还需要为这个社会继续发挥光和热。光和热是潜移默化的，如果这个时代有你们这样的奉献者，就有希望！"

毫无来由地，"意识流"出现了——我的意识"切换"到那个秋天，鸡鸣寺外发生的一幕。

"南朝四百八十寺，多少楼台烟雨中。"这句诗，既壮阔又伤感。因为听人说南京鸡鸣寺是"四百八十寺"中现存的唯一，明成祖朱棣也曾到那里接受过"精神治疗"，我便心生好奇之心和怀古之意，一心想去看看。

趁着一次文学活动的间隙，我打车到了那里，刚下车，就被一位中年妇女拉住。她热切地对我说："姊妹，看你的面相，就知道你被女人嫉妒，如今你是困厄重重、凶险多多，千万不要和她们发生争执。还有，你是干大事的人。"一个算命女人的话不大可信，不过，她的话确实点中了我当时的境遇。我在寺庙门口愣了好大一会儿，周边迷人的风景也从我眼前消失了一会儿。

干不干大事对我来说本就无所谓，我夹着尾巴做人已经很久了。那天下

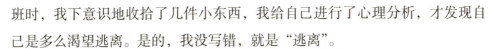

班时，我下意识地收拾了几件小东西，我给自己进行了心理分析，才发现自己是多么渴望逃离。是的，我没写错，就是"逃离"。

《逃离》，我记得加拿大女作家艾丽丝·门罗写过这么一部小说，看过两遍，忘了情节。逃离，也许是女性的私密气质，而我，清醒地知道自己无法逃离。

好不容易盼到周六，熬到周六，睡一个懒觉，洗一堆衣服，浇几盆花草。午间，按惯例，去看望父母。

母亲在家包饺子，围着简陋的围裙，围裙上撒着点点面粉。包着包着，母亲哽咽起来，用袖子不断擦拭奔涌而出的眼泪，想念她儿子生前给予的好，控诉她儿子死前所受的罪。我必须心硬，才能保证不陪着流泪。否则，一个周末就被我们母女俩的眼泪给泡毁了。

儒道释给了我们很多说法，可是关于死亡的记忆，总是不愉快的，虽然，我也懂得庄子为亡妻"鼓盆而歌"的情由，更曾沉迷于生命"鞠躬尽瘁，死而后已"的意义。

世事复杂，但也简单明了——失去了江山社稷的格局，但总算还有点人之为人的铮铮硬骨。凛冽的风，左冲右突，终归平静。

我，给了自己一个说法。只能这样。

不止于此。我，还给了别人一点力量。

草木，从来不问人间事

今年刚开春，父亲就走了，没能等来春天的温暖和姹紫嫣红。

被医生劝说着，我们终于答应出院。回到家里，父亲躺在床上，气息渐弱。我躺在旁边另一张床上，看着他气息渐弱……原来，生与死根本就没有距离，只在一念之间、一线之间、一口气之间、一个眼神之间。

父亲走后，我觉得失去了依傍，但又自觉担负起保护母亲的重任，所以一直不肯让自己流泪。往后的日子里，一些骄傲无处诉说，一些伤感不愿诉说。有天晚上，我一个人在家，听了一段不知歌词的曲子，眼泪终于流了出来，情绪得以释放。想起了苏芮的那句歌词，"泪流在胸口像一场雨"。

当年看书，常为书中人物和故事情节痛哭流涕，伤感不已。如今呢？伤感只为这人间事，为这草木季。即使，草木不问人间事。也许，每个人到这世上走一遭，都是为了完成自己的使命。也许，每个人在这个世界的使命，也就是在世上走一遭。

父亲安葬后的第二天早晨，我做了一个梦。尚在最好年华的父亲，神情愉悦地对我说："那边不亮这边亮，我得洗个澡去。"我倏忽而醒，知道父亲托梦来了。我不知道"这边""那边"是什么意思，一个居士女友解释说："你们为老两口买的是合葬墓，你母亲还没去，所以那边不亮。"想一想，有道理。

梦中的父亲，是日常生活中久违的样子。他已经很多年没笑过了——他的亲人毁了他。无处发泄时，他写了几本子日记，这是父亲走后我才发现的。弟弟先他几年而去，如今，他们父子俩在墓地做伴，不知道能不能互相谅解。

离开这个人世前，父亲说了一些话——每句话都充满了睿智，通透如有神助。我一一记下，等待时间让我接受、让我消化。

溺水者，有人亡于江海，有人亡于池塘。亡于江海者，可无憾于海之深江之阔；亡于池塘者，常饮恨于池之浅塘之狭。我的父亲，就是溺亡于"池塘"

的那个人，虽然也曾无数次向往过大江大海。生活中的碎屑，如浅塘中的水草，将他无情地缠绕，直至他丧失了挣扎的能力和意愿。

"我在亲情上没把握好，你弟弟也没把握好！"父亲艰难地说出这两句话，不仅仅是因为病重无力，更重要的是终于看明白父子两代人付出的生命代价——痛苦到极致，耻辱到极点。幼年失去母亲的父亲，总希望以一己之力保护亲人和亲人的孩子，总期望身边朋友过上好点的日子。只是，他的努力，被所谓亲戚朋友的无尽贪欲淹没，那是一个足以毁灭一切的旋涡，一个任谁也无法突围的死局，一个把智慧彻底埋入泥下的陷阱。

"不想死，舍不得。"每当想到父亲临终前的这句话，我的心就如落日一般。落日下山迅疾，绝不拖泥带水，独留云朵在天，如同，每一种气节，每一种尊严。

还记得那天去医院，父亲要喝茶。鬼使神差般地，我从单位出来的时候，不知为何用塑料袋装了一点白茶，塞到包里。泡好茶，我用勺子舀着一点一点地递到父亲嘴边，怕父亲呛着，便用棉签蘸着润湿父亲的嘴唇。茶水，是极淡极淡的，对父亲是仪式，对我是安慰。

父亲当过兵，扛过枪，识文断字，见过世面。我小的时候，他训斥过我，担心经常半夜读书的我看坏眼睛，但是他到新华书店给我买书——这是领风尚之先的。他自己在家里看"大部头"——这是我在邻居家中从没有看到过的。

父亲住院的那一天，还交代我们夫妻俩给他带一些报纸看。先生拿了一摞《人民日报》，我拿了一摞《文艺报》。父亲见到后连说了几个"好"，还要把《人民日报》带回家去，慢慢看。那时父亲已经很瘦了，那天晚上他就喝了几口稀粥。父亲戴着老花镜，坐在凳子上，手里拿着一张《人民日报》，其他报纸摊在床上。这个场景，估计我这一辈子都不能忘记。

十年前，父亲也住过一次院。那次是母亲平凡生活里的壮举——她一个人打车带父亲去看急诊，一个人做主让父亲住院，一个人为父亲办好了住院手续，然后，才一一打电话告诉她的孩子们。母亲这么做，只因为孩子们都忙、都累。

那天，父亲在手术室里等待手术。戴着手术帽，穿着病号服，高瘦的他和人聊天，是干净利落、英俊潇洒的老头。术后，麻药劲未过，我在他病床前叫了他两个小时，怕他睡着。老人家怕给儿女添麻烦，躺着也体面。

家里的《康熙字典》，是父亲花了十元五角给我买来的。当年，我自知以我的能力根本无法用上它，却懂得了有一种无形而宝贵的东西叫"学问"，有一种永远属于自己、谁也偷不去的能力叫"真本事"。而这已经足够，因为买书的父亲达到了他的目的。

"我和他们不一样。"这句话，父亲说过，我也说过，儿子也说过，而我们三代人却从未就此交流过。也许，对"学问"和"真本事"的信奉，才让我们和他人不一样的吧。这种价值观，朴素、天真，也旺盛，父亲传给了我，我传给了儿子，甚至影响到了我的先生和周围的一些朋友。影响了那么多人，但很难影响到父亲的亲人。这让我痛心。

父亲对我和先生说："一个人只有活着，才能不知不觉地死去。"离开人世前，父亲都是清醒的，哪怕在半昏迷状态。我之所以这么说，是因为他对不同的人说不同的话，说的都是各人关心的、各人能听懂的。

"小娟，你要坚强。"无数个早晨，无数个夜晚，我洗脸时，我读书时，我走路时，父亲的这句话都让我眼中噙泪，我感知到了父亲的爱。我们父女俩都明白世间的苦，都懂得什么是池塘落日。

父亲定定地看着我。那个眼神是烙印，刻在我的生命里——忧伤蔓延到无边无际，我无法诉说那种感觉，即便是对最亲近的人。那是什么样的舍不得、什么样的不放心啊！也许只有我一言不发，父亲的眼神才能属于我，成为我此生永恒的财富。

也许，什么都不说最好，如同留下无字的碑。不过，父亲似乎还有些不甘心、不放心。无力说话的时候，他抬起同样无力的胳膊，给了我最后的也是让我难以准确理解的"忠告"：他在我的脑门上敲了三下，又在他自己的脑门上点了三下。这动作轻之又轻，却仍让我震撼不已。

我不知道他要告诉我什么，我只知道我必须与之前的懦弱、胆怯分道扬镳。我要用余生去探索父亲留下的"谜语"，继而触及人性的秘密，我也要破译命运的密码，从而得到破译后的满足。

父亲走后，点滴回忆不时袭来。回忆之时，我的成长之路竟突然清晰起来：

学习不太认真，但成绩却一直优秀；从不愿向世故、庸俗妥协，也不愿向邪恶、龌龊低头，刚烈、正直似猎猎秋风。

父亲走后，我沿着时间的长河回溯，家庭的命运也在一次次回溯中清晰起来：老实得没有底线，便带来了令人心痛的无能；善良得没有原则，便衍生出令人害怕的愚昧。

午夜难眠，我陡然惊觉，母亲失去了儿子和丈夫，我失去了母亲的欢颜和青春。青春不再，岁月使然。是谁，弄丢了母亲的欢颜？又是谁夺去了父亲的生命？值得庆幸的是，我在万般吵闹中找回了自己，也在坚忍、清醒中找到了自己——做旋涡中的"定海神针"，做置之死地而后生的孤勇者，义无反顾突围而出。为此，我努力多年，问心无愧，却也有些惴惴不安。

死亡，是一张洁白的纸。我的父亲，抖落一身的碎屑和一生的疲惫，在死亡面前升华了自己。睿智、清醒、轻松、灵透、和气、英俊、慷慨、真挚、善良……我的父亲，他只和完美的字眼相关。他，在死亡前重塑了自己。而我，即使用尽所有的词，也无法拼出完美的父亲。

很想出去远游，最好能抵达西藏，了解生与死、远与近。一部外国电影里有一句台词："我们爱与恨，都是因为害怕死亡。"《西藏生死书》中有一句话："我们害怕死亡，是因为我们不知道自己到底是谁。"我自己的理解是，起码目前是这么理解的："人活一世，就是寻找自己的一个过程。"

"是的，你是女儿、是妻子、是母亲，当然，你更是你自己，足以圆满，足够独立。"睡梦中，我听到父亲对我说。

女子所爱的，是好气象、好情怀

"我见过你，大约二十年前。"午间休息时，一个网名为"苹果"的文友对我说。

和其他人一样，她通过当地的文学微信群申请加我为好友。我一接受，她就向我发起了会话。凭着直觉，我认定是"她"，而不是"他"。

女友调侃说，幸亏是"她"。我说，是"他"也没事，隔着遥远的时空距离呢——距离产生美，崇拜在远方。

昨天一场大雪，寒冬突如其来。今天，雪化了，很冷，可是我却被她的回忆温暖了。我有些感动，真的——我用"无情"与"冷漠"包裹自己太久了。

我才刚这样反省过：以前，很蠢，老是想证明自己"无辜"。现在，洞若观火，人家就是揣着明白装糊涂，就是要证明你"有罪"——愈无辜，愈有罪。看透了，也就笑开了。

我才刚这样正视过：曾经以为化茧成蝶，后来发现那不过是作茧自缚。当我的坚守成为"笑料"，我就学会了独立，也无风雨也无晴；当我的阅历里多了"原谅"二字，我就不再随意生气。原谅别人，是我给自己的礼物。

而"苹果"却记得，我曾去幼儿师范学校给她的同学送过衣服。当年的她好奇地问同学，送衣服的是谁。她的同学说了我的名字，她就记住了这个"美丽的名字"。

"你当时可漂亮了，我可羡慕了。"她说。

"不论是对谁，我总相信陌生人是好心肠的。"西班牙电影里，有个叫"红烟"的女演员说道。我记住了这么一句台词，是因为我也认为和陌生人说话真的很好，"不要和陌生人说话"会失去很多乐趣——比如被"苹果"记得。

而她也记得，我当时留短发，穿米黄上衣着黑色裙子——质地忘了，但颜色和感觉一直记得——气质文雅。她笑着说："哈哈，记住一个美女，一记二十年。"

我说我真不记得这件事了，也从没觉得自己漂亮。感谢她这样回答："自觉美不为美，别人觉得美才叫美。"

我不知道那时的我与现在的我哪个更好。可是我明白，两个"我"都值得我尊重。

她说她对美人、美景过目不忘，还有美文。她说这种被别人记忆的美，更为动人。我一下子被她打动——她挺会表达。

"美不美的无所谓，是不是我也无所谓，能被人记住你和你的美，那是多么美好啊。这么看来，还是做好人好啊，能帮人一把就帮人一把。唉，当时的我是多么年轻、多么热情。这几年，世事纷扰，我的心境坏了不少，人也冷了不少。"我就这么"意识流"着，"内心独白"着，配乐是张杰的歌曲《我们都一样》："我想我们都一样，渴望梦想的光芒。这一路喜悦彷徨，不要轻易说失望。回到最初时光，当时的你多么坚强，那鼓励让我难忘……"

谈过了美好与回忆，我们谈文学与尴尬。

"人家聊票子车子位子，我不感兴趣，也融不进去，我说文学人家也不屑。"她说因为爱好文学，被人误会，让人费解，觉得好好一个人，咋会爱好文学呢。

我说我从不和不爱文学的人聊文学，这是我的原则。我说我以为我怕的是寂寞，却原来是热闹。所以，我主动远离一些人，一些事，一些人事。

然后，我们说迷茫与怀疑——怀疑阅读与写作行为的意义，迷茫该怎样达到一种境界或另一种境界。

且不说爱好文学的人比别人多很多——多活几辈子，多经历很多事，只是那灵魂相通、那淡泊出尘就足够让人愉悦。

"由内而外散发的美，包不住。"美丽的"红友""落笔升蝶"调侃着，填补着我和"苹果"的"留白"。

"女子所爱的，是一切好气象、好情怀。"不经意间发现了台湾散文大家张晓风女士给我的题字，一下子解释了我的迷茫与怀疑。

我对这个世界是挑剔的，正如这个世界对我；我对这个世界是纯正的，正如这个世界对我。我甘心独处一隅，世界却热心为我打开。

我发现，是纯正与挑剔成就了我。

三人行，必有我师

"三人行，必有我师"。诚哉斯言。

盛夏的夜晚，一家三口聊天。儿子以他的锐气与雄心冲刷了父母的怯懦，又以平和与温暖抚慰了父母的周折。我似乎看到一把久合的折扇，如今正徐徐打开，风景次第而来——我有些紧张，有些欣慰。

想起了在中国作家协会北戴河创作之家的时光。晚饭后，母子俩沿着安一路走着，那是通往海边的一条幽静小路，蔷薇攀附到高大的树梢上。走着，走着，儿子突然说他为母亲骄傲，并说母亲应该走得更远。

一家人的成全，应该是思想的交锋、情感的陪伴。我恍然大悟，这也许为时还不晚。

夜深了，花睡去，折扇也闭合了。沉默，内敛，正是我们日常生活的表象。

我是没出息的人，我承认。

你绝对是正能量，朋友说。

有人提到我的"屈居"多年，我一笑而过。我的"被屈居"给了我那么大的自由，我是真心感激。真相与想象，如同西风和东风，到底是东风压倒了西风还是西风压倒了东风？

我的想法非常简单：不和这个世界较劲，更注重自我完善和自我价值，更注重家人和气与家庭和睦。走走阳关道，过过独木桥，看看这样的人生对女人来说到底如何——这也许是我对人生的极大好奇。

"你在活着的时候应付不了生活，就应该用一只手挡着命运的绝望，同时，用另一只手草草记下你在废墟中看到的一切。"卡夫卡的话给我以方向和方法。

自从有了自己的世界——一个家，几百本书，我便不太在意外面的世界，对别人的天地更没了兴趣。那些乐意探索他人世界、痴迷渗透他人世界的人，常常令我佩服不已。

当然，我也理解世事纠缠，我更原谅人情渗透。阳光推送寒冷的春风，阳台安放衣物的微动。读苏童的《黄雀记》，接近尾声。两个男人和一个女人十几年的渗入和纠缠，是罪恶，却无法救赎；是敌人，却俨然朋友。

我是百无一用的女书生，我早就对家人说过。

"你的成长史都在你的文字里"。先生对我说。

到了一定年龄，须由着中国哲学和美学渗入生活，又需外国的数学和经济学指导生活，所以慢慢去读庄子的《逍遥游》和梭罗的《瓦尔登湖》。

深入生活，吸收精髓，"谋生"的投入要逐渐减少，"消遣"的收获却在逐步增加，于是更加删繁就简。岁月如歌，亦如梭，中国传统和美学在生活中的比重越来越大，年轻时追逐的洋派逐渐隐匿。

长长的午觉后，我拿起了《瓦尔登湖》，坐在摇椅里，面朝九里山和植物园。偶尔走神，就看不远处楼房的缝隙，葳蕤的树木把它们填满。

孤独？我不孤独，也许我的素净让你们感到孤独，也许我的静默让你们觉得我孤独。三口人，在三个角落里，享受各自的自在。半个小时或一个小时后，三个人必将一起，谈起不同的阅读感受，还会就着某场球赛说起球星或球鞋。

"苔痕上阶绿，草色入帘青。谈笑有鸿儒，往来无白丁。可以调素琴，阅金经。无丝竹之乱耳，无案牍之劳形。"深夜，一家人重读刘禹锡的《陋室铭》，良多趣味。

"不乱于心，不困于情。不畏将来，不念过往。如此，安好。"黄昏，夫妻俩谈论丰子恺的《不宠无惊过一生》，受益匪浅。

"因过竹院逢僧话，又得浮生半日闲。"

无端地，喜欢上了这句话。

逼反时，找到一心一意的路

如果人生能够重新开始，我一定选择摆脱自我束缚。人生既然不能重新开始，那么从现在开始，我要善待自己。冬天里，我为自己鼓与呼。

"对我来说，身外的风景差不多已看尽。不是眼睛看尽，是心已看尽。我在人海中起伏，生命流过种种经历。敲过各式的门，最后找到一心一意的路。"这几年，见过不少人，不少事，不少人事，所以读到庆山的文字，有强烈的认同感。

有人问我，你工作那么烦琐，是怎样坚持写作的？还有人问我，你写作那么繁忙，是怎样坚持工作的？我说，无他，用心就行。真的，你不努力，都没底气和优秀的人站到一起；你不正直，善良的人也没勇气和你坐在一起。

一心一意，一心一"艺"。

"十年坐下，伏俯受教"八个字，是唐代诗人王维（摩诘）用三千多个日夜修来的。

有些作者为自己抱屈，动辄抱怨别人不支持、不给力，同时，却梦想着"朝为田舍郎，暮登天子堂"的闻达。实际上，写作可能是最难扶持的"工作"，每个成功的作家都付出过不为人知的艰辛努力。青灯孤影、皓首穷经、殚精竭虑……这些都是他们的标签性描述。你和人家的区别在哪里？你用大量时间发牢骚，人家挤出点滴时间去努力。

"莫向外求"四个字说起来容易，做起来太难。但是，这四个字真的适用于写作和写作的人。君不闻"文章憎命达，魑魅喜人过"？

文学之美好，在于风骨，在于志气，在于个性，在于胸襟。所谓作家，应是作品的创造者、作品的欣赏者，狭隘不属于作家，极端不属于作家，愚昧不属于作家。

历经漫漫严寒，春天终于来了。我从我的境地走出，如同苦修的人走出了山洞。明媚慷慨的阳光刺痛了我的眼——眯缝着眼，四处飞舞的花粉伤害了我的脸——皱巴着脸。我这才意识到，原来，过去那十余年的严寒苛责已是我的春天、我的憩园、我的桃花源——不知有汉，无论魏晋。

春天里，到那棵桃树下站一站

"凝视深渊过久，深渊回以凝视。"记得尼采说过这么一句话。且不管尼采的意思吧，只说自己的意志。我被深渊凝视太久了，从不愿意看一眼深渊，还有深渊里的恶龙，哪怕我就在深渊里，哪怕一直有恶龙缠斗。

迎春成片，玉兰新绽。每次午饭后，我都到附近去看看我那些名叫草木的好友，下雨去，不下雨也去。每年春天，我都到那棵名叫桃的树下站一站，看她绽放，或等她绽放。无穷生机，氤氲在风雨中；无限压力，释放到自然中。因为我知道，大自然拥有人类的一切美德。

樱花正浓，梨花待放。妹妹说，父母一年内就进了三次医院。我听后无言，给了父母一个笑脸。静下来，我自问：我到底是如何支撑下来的？

其实，我们都能接受父母重新回到"幼儿"状态，也懂得赡养父母是天经地义的事情。事情的艰难并不在这里，而是那些莫名纠缠和无端抱团。说是莫名，说是无端，其实都有前因有后果，都有内因有外因。

拿什么拯救你，我那备受凌辱的母亲！拿什么安抚你，我那失去笑容的父亲！唯有用我们的加倍努力，唯愿你们在人世能得到安宁。做女儿的，不相信眼泪，不屈服于年龄。

所有的答案都在大自然中。房屋一定是生活的珠宝盒。越认真生活，生活就会越美丽。

看了一部叫作《人生果实》的纪录片，有种说不出的感动。生活是果实，生活是努力。就让自己保持善意吧，就让生活缓慢而坚定地向前吧！

打车，从医院回家，想着这些年的奇怪遭遇。所有的帮助与关心都来自朋友，所有的付出和成绩也只有朋友认可。一度，"亲人"在我这里成了贬义词，是所有暗黑的集合。眼前闪过素未谋面的山东文友李老师，他总是给我的文字以中肯评价和无私赞誉，竟能从朋友圈那张模糊的图片中看到我文章里的一句话："看来，热爱文学的女人从来不必担心年老色衰，因为时光会给予她们馈赠，让她们拥有哲学意味的圆满和深刻。"

经过小区门口，看到一位老年人在卖蒜苗。他热切地招呼我，介绍说蒜苗是自己家里种的。我看着他蹒跚的双腿，想到了医院里我的父亲，不禁动了恻隐之心。无奈我没带现金，又无法微信付款，只好狠心从老人身边走了过去。走了几步，突然想到包里有准备乘坐公交车的两元钱，赶紧又走回去，用两元钱买了一把蒜苗，引得老人家直对我说"谢谢，谢谢"。

隔绝中，人的最佳状态是有香气

"不管别人怎么看，怎么想，按照自己的命运活着。人的最佳状态是明亮、有香气。"还是庆山。是的，香由心生。是的，万物闻香止恶。

"无奈，也是种修行。磨难，也是种修行。"人间四月天，机缘巧合时，有高人给我指点。是的，我不纵容我的喜悦，也不纵容我的忧伤。

在办公室收拾东西，发现了那么多奖牌奖杯、计划方案、会议记录、学习笔记、档案材料，一时不知该想些什么，脑子里一片空白。我每天在这间办公室里进进出出，却从未想过炫耀、欣赏它们，甚至根本看不见它们。

一个朋友说，才华要为自己所用。哈哈，我的所谓才华都用到哪里去了？都用到那些奖杯奖牌里去了。但是，又有谁承认我有过才华、有过付出呢？

英国作家毛姆出现了："道德标准和世上所有东西一样，都是朝三暮四的。只有一条绝对的道德标准，那便是生存竞争中的成败。胜者，就是'善'。"

"盖茨比如果了解一些空性和无常的常识，也许不会为执念牺牲。烟花很美，但散场了，必须干净地走人。看到他们扔衣服那段还是掉泪了，因为我们念想的美好的一切，其实都是自己排演的戏剧。"这是我写的？忘了，忘了很多自己写过的文字，看来，记性是靠不住的。收拾着三大包发表过的作品，我无声感慨。

时间，于我太珍贵、太紧张，所以只能删减掉很多享受，杜绝很多闲聊。总感觉被时光催促着，去工作去写作，为人情为世故。写好、发表、放下、忘记，没有精力去整理、去回顾。

因为自己有追求、有爱好，所以对任何人都不计较，对任何事都不纠缠，既是无暇，也是无意。换个说法就是，阅读与写作让人宽容、让人包容。

嗯，俱往矣，早都放下了，统统不计较了。静下来时，起码我还敢告诉自己，对得起良心了。

"写作时思维程度深，所以很多作家在生活中都是不动脑的人，生活技巧就是不说话、少惹事。"《月童度河》中的这段话我深有同感。生活中，不动脑，不应酬，深居简出，少言寡语。

棋盘上，那盘没有下完的棋

有些书，连着你的记忆，连着当时的天气。

那是去年初冬的一个雨夜，我从宾馆借了把伞，沿着民国风情的颐和路走到了先锋书店。我买了两本书，直接通过快递寄回家。这两本书的内容都是片段式、碎片化的，也许知道自己没有大块时间用来阅读。毛姆的《作家笔记》只有一本，被人翻旧了，年轻的店员特意给打了八五折。

雨夜的书店里，人不多，几个年轻人边喝咖啡边读书——并不是同伴，也有拿着笔记本电脑上网浏览的——一个人兴致勃勃。

我发现，我所喜欢的环境里，我的同龄人正在消失——她们过早放弃了自己。咖啡店里，基本都是年轻人，一个两个三个在一起，悄声交谈或恣意忘情；书店里，基本都是年轻人，他们善意嘲弄说对方没文化，然后帮我拿放在高处无人问津的书本；花店里，基本都是年轻人，买时尚的鲜花用来示爱或示好，我则买些小碎花放到家里给自己看。

所以，我显得突兀。我并不害怕这突兀，反而享受它、珍惜它。我也不认为年轻人离经叛道，他们是更加美好的"我"，更为青春的"我"。

吃饭钱一到账，我就用它买了一双拖鞋，因为拖鞋上有几朵梅花。"寻常一样窗前月，才有梅花便不同。"稿费通知单一到手，我就把它换作一摞书，因为书中藏有一个"红楼梦"。在我眼里，《红楼梦》是忏悔录，是青春颂。十年一觉"红楼梦"，我与这部文学经典已密不可分。

暮色四合时，看书、听琴。有一些心心相印，有一些格格不入。突然想到，应该感谢老天每周给我两天休息时间，每周七天中还有两天可以属于我自己。第一天，白天用于补觉、清扫、聊天，晚上用于弹琴、阅读、思考。第二天，白天用于采访或看望，晚上用于记录或写稿。

三月，不再有表达的冲动，反而有阅读的迫切。隔绝、隐遁、失语，似乎更适合我。只是，现实强大，不可能这般自在。把家建成图书馆，是我喜欢的样子，从小就这样期望，从来也不会改变。

有书可读，有心读书，便是清福，便有清福。能读书的日子，就是最好的日子。没时间读书的日子，摸一摸书本，也是不小的安慰。我跟随自己的天性选择作家作品，从不迷信排行榜。

对内，我是如此自信。对外，我似乎越来越胆怯，或者说越来越疏离，没有勇气举办讲座，没有雄心参加节目。我回绝，是因为发不出声音——这个声音，是心的声音；我拖延，是因为举棋不定——这盘棋，我不知道有没有必要下完。

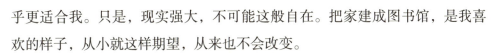

压力下，士无故不撤琴瑟

"这是她们真正意义上属于两个成年人之间的相处。母亲清扫劳作，静坐持诵，即便是洗手、换衣这样细小的事情，做着的时候也有优雅而寂静的气氛，不流露出凡态。在她身上看不到沮丧、倦怠、急躁、焦虑、怨悔或其他多余的情绪。"庆山笔下的母女关系，也许值得更多母女去体验。

"一个从来不抱怨不诉苦的母亲，一个只有笑容没有情绪的母亲，一个时刻在以她的拥抱为爱立誓的母亲。用一块丝绒布把生活的黑洞覆盖起来。"庆山笔下的母亲，让我想起了我自己。

和孩子视频前，我换上漂亮的衣服、洗好吹干厚重的头发。我的心里藏着一张世界地图、一张中国地图，我希望孩子的足迹出现在这里或者那里。孩子长大了，以同样的行为和方式给我见识、让我见识。

卡尔·拉格菲是香奈儿艺术总监，人称"老佛爷"。他的母亲爱读书，怕他打扰，曾对小时的他说过，"要么努力，要么闭嘴"。卡尔受母亲的影响很大，痛恨不能独处的人、干扰别人的人，认为人应该绝对忠实于自己，当然，迎合别人也就成为非常危险的事情。

这样的母女关系，这样的母子相处，哲学意味中附着生活气息，美好瞬间拼出漫漫人生。

在《人生的智慧》一书中，叔本华有过类似表达："人们在这个世界上要么选择独处，要么选择庸俗，除此之外，再没有更多别的选择了。"

一声入耳里，万事离心中。这样的春天，这样的美好。

琴瑟在御，莫不静好。林间吹笛，膝下横琴。

还是以前那双手，我的手里却有了完全不同的内容。同样是打字，每一个指法仿佛也包含着一个音符。我这十年想的啥看的啥，就连亲人都无法体会，遑论他人？奇耻大辱和遗世独立，忍辱负重和百口莫辩，所以，最终只能不

争不辩，最后只好不闻不问。

"在这趟旅途中，所有的事都不会像我们希望的那样发生。但到最后这些都不要紧，我们终将原谅这个世界，原谅我们自己。"加拿大女作家艾丽丝·门罗的这段话，由连云港文友袁老师推荐。在微信上，我们说到人与书的缘分、人与曲的缘分、人与人的缘分。

"最是人间留不住，朱颜辞镜花辞树。"这个"辞"字，用得真好，是无奈也是自觉，是独立也是随缘。青春留不住，人缘留不住，鲜花留不住，掌声留不住。留不住，又如何？心定，一切皆定。一个人独立，两个人知己，三口人亲密，已抵生命初衷。花香一片，鸟语几声，书籍满屋，得偿平生所愿。

路上——穿越崇山峻岭，寻找茂林修竹。

回首——那些远去的岁月与美好深处的忧伤，那些高远的目光与收藏起来的理想。

第三辑

让背包装满世界

友好多么好

穿上棉袍，套上棉拖，坐到电脑前。我想，我可以说说友好了。其实，我想说的只有一句话，友好多么好。

儿子在我们三口之家的群里发了一张照片——他正站在小店柜台前挑选食物——背对着我。我看到，他黑色书包的左边斜插着的水杯露出白色杯盖，右边是从家里带去的雨伞。这张照片，是他的同学拍着玩的。

一个洞悉一切却只传达美好的母亲，感受到了儿子背影的力量。

这种力量，把一个母亲的成长史写成了史诗，也让一个女子学会了在对立中和风细雨地处理问题。

当儿子要到同学的宿舍睡午觉的时候，先生正在祖国的夜幕下奔波。高铁上，先生的邻座是一对看着书吃着零食的外国夫妇，他和他们互相友好。

"他们在看书，我也在看书。他们是外国人，看的是一本英文书，内容却是讲述中国的；我是中国人，看的是一本中文书，内容却是讲述美国的。"他在QQ上对我说，"我知道，我对他们友好，他们也会对我儿友好。"

"亲爱的布里，从今天开始，我就把儿子交给你了，请用你温柔的风迎接他。"周六和儿子视频，他又一次提到了这句话。在阿姆斯特丹转机时，儿子无意中看到手机里的这句话："我们看了差点哭了。""我们"，是指他和他上飞机前新结识的校友。儿子以为这句话是我写的，后来我一问才知是先生没写完的一首诗，原本存在手机备忘录里，不知怎么到了儿子的手机上。

布里的风是温柔的，为我们拂去了太多的焦虑。儿子从机场到了宿舍，发现所在社区就他一个中国人，本土高年级室友都过来和他打招呼。"我倒成了外国人。"儿子笑着说。他开心的是，当地学生十分佩服他一个人的旅行，还坦率地说他们就没有这个勇气。

十几个小时的飞行后，儿子到达的第一天下午，他们指点就近的咖啡馆让儿子填饱饥肠辘辘的肚子，接着烹制简单的晚餐，为同一宿舍的"外国人"接风。第二天，室友们带他坐公交、办注册、逛超市，教他怎样进行垃圾分类。儿子生日的那一天，他们举办简单的派对，大声对儿子说"生日快乐"，还说了很多"家长里短"。在除夕那一天，他们买来啤酒和彩带，营造了一种西式"中国年"的氛围。在放学回"家"的路上，儿子常常看到房间窗口有室友向他挥手，欢迎他的归来。

我只能说，我的感激之情不是溢于言表，而是无法表达。对那些异国的孩子，对那种他乡的友好。

一次，儿子在厨房里和我们视频，他的室友也过来打招呼。那个表情害羞、眼神纯净的英国男孩，成了儿子的好朋友。我看了一眼就放心了，就算是"以貌取人"吧，那也是"相由心生"。而儿子对老师的评论，也就"一个词"：友好。

圣诞节前，儿子的第一学期愉快结束。在异国的风里，儿子笑谈他的个人展示演讲、学术论文写作。当我看到他的七页实践报告时，简直惊呆了，原来一个人的成长可以这样。室友们烤了火鸡庆祝圣诞，他们吃到撑，儿子买了棵小小的圣诞树放在宿舍，那个他们称作"家"的地方。

一张贺卡，从上海出发，漂洋过海到了儿子的宿舍，正好赶在圣诞假期之前到达。贺卡是儿子的发小寄去的，室友们说这可真"酷"，如同之前夸赞儿子"帅气"。

圣诞假第三天，校车停运了，儿子出门不方便。他收拾好行李，关上暖气、电器，到中国同学"家"去了。不知他和同学是怎么商量的，一会儿工夫就拖着箱子到了公交站台。哈，咱们的同胞真友好。

圣诞节之后便是购物节，那天各大品牌都有大折扣。儿子买了个包给我。我表示"惊喜"，他轻描淡写地说"打折嘛"。先生用毛笔写着"儿子的冲动，让妈妈感动"。

我为孩子们骄傲，因为他们的友好——对世界的、对亲人的。友好，无论是亲人之间的还是陌生人之间的，都会让我们走得更远。

友好，多么好。

哭是没用的

儿子到英国留学已经几年了。每一天下午三四点钟，我和他爸爸就期待着对话框里跳出来三个字："起来了。"

儿子的每一天，从"起来了"开始。三个字，在常人眼里稀松平常，对我们来说却是字字千金。"起来了"，是我们一天工作基本成型的时候，也是他一天忙碌刚刚开始的时候。"起来了"，是向父母报个平安，亦是家人间的简单问候。

儿子是高中毕业后出国的。小小年纪，漫漫旅途；孤独的身影，倔强的前行。分别时，他轻轻触碰了下我的手就进入了安检口。回国时，他走出机场的一刹那，我和他爸爸的眼眶无法自控地湿润了。他经过了严格考试，经过了长途跋涉，虽然精神不错，虽然衣衫整洁，虽然笑意盈盈，虽然风度翩翩，但是那年轻的脸庞却如此瘦削！陌生国度里的第一年，多少困难被他克服？多少思念被他克制？他从来不说。

儿子从小便极为懂事，他有一句话，我至今记得，他却不记得了。那时，他还不到三岁，我们送他去托儿所，他哭着不让爸妈离开。我们的心都碎了，但是仍然坚决地离开。待到下午去接他的时候，他安然地坐在那里候着我们。问他后来哭得如何，他答："哭有什么用？爸妈也听不见。"

从那时他就知道，哭是徒劳无益的。于是，死心。我也才明白，他现在常说"你儿是无情的"，大概就源自小时候"哭是没用的"的体会。

儿子初到英国的时候，室友们很友好。一个单元里，住了六个学生，除了他来自中国，其余的都是本土学生，性别有男有女，专业有文有理。

英国室友们对这位初来乍到的小学弟，给予了绅士和淑女般的关心——绅士很帅气，淑女很健谈。我们庆幸儿子遇到了一群热情、善良、友好的外国同龄人，他们的怡然共处缓解了我们远在万里之外的焦虑。为此，我经常大发感慨，说什么"友好多么好"。

到了第二学年，儿子把学业和生活安排得井井有条，做父母的放心了不少。可是，儿子通过 QQ 跟我们讲了一件令"他们"气愤的事情——"他们"，是一群同在异国的中国小伙伴。

周六的晚上，他们在市中心的一家酒吧看球赛现场直播。看完直播后，一个中国小伙伴独自坐车回他偏僻的宿舍。车上，带着两个女人的英国醉汉，一路上对这个中国小伙嘲笑、骚扰。一车的人，竟没有一人出面制止那个醉汉的鲁莽行为。

受侮辱的中国小伙子将他的遭遇发到了朋友圈，引来一群中国小伙伴的愤怒与安慰。

"我就搞不明白，同样是人，哪里来的优越感？"儿子问我，"这是人性的缺陷吧？"

我说："这个世界和我们想象的不一样，也和我们期待的不一样。英国本土作家也在他们的作品里涉及民族的劣根性，比如傲慢与偏见、野心与贪婪。"

我知道，我无法说服儿子，虽然我极力安慰他。即使那个中国小伙子和那个英国醉汉干一架，闹到警局也未必有他的胜算，所以只能忍气吞声了。今天，儿子再次郑重告诉我，在外的学子都是多么热爱祖国。

儿子善良而敏锐，从小就对暴戾和阴暗生出反感。小时候带他去旅顺日俄监狱参观，他一点也无法忍受那里的环境和氛围，直接跑出来，冲进了夏天的暴雨中。

但是，直到这次，我才开始真正了解他的内心，那是坚韧、敏锐之外的自尊：一个中国孩子在外，无法忍受的不是生活上的困难、文化上的隔膜、学业上的沉重，而是人格上的屈辱。

"儿行千里母担忧，儿行万里就是父担忧了。"他爸爸曾经这样开玩笑，这次却认真告诉儿子，"英国人中有热情的，也有冷漠的；有善良的，也有险恶的；有敦厚的，也有刻薄的。热情的、善良的、敦厚的，不因你的肤色而改变他的友好；冷漠的、险恶的、刻薄的，也不因你的肤色而改变他的敌对。"

"人世冷漠，只有我的被窝还有点温度。"愤怒过后，儿子以他一贯的平和淡然请父母"放心"。只是，面对歧视、粗野、傲慢、偏见，我们到底该怎么办？

无情作外衣

这一次，三个人，三个地方。

离家前，简单的行李放跟前，先生戏言："妈妈别哭啊！"我笑一笑，没说话，因为懂了。

"妈妈别哭啊！"是儿子进入安检口时对我说的话。"妈妈没哭吧？"儿子排队安检的时候通过 QQ 发起会话，在三口人的群里。

安检口，是一道门，隔开的是见与不见，隔不开的是念与不念。机场，是个况味复杂的地方，别离意味着下一次团聚，回归预示着又一个出发。

不知为何，这次离别我有些难过。儿子没有看到我流泪，但一定看出我就要流泪了。这样的失态，我还从来没有过，我一向克制、自律，心底暗暗得意于自己的"态"与"势"。

我为什么会流泪？是因为时间太紧，没有好好告别？是因为人群太吵，无法克制情绪？是因为我日渐衰老，还是儿子更加贴心？

我问自己，也给自己说法，希望能平复下来。但是，空荡荡的感觉挥之不去，在机场的金属座位上，在我和先生回程的地铁、高铁上，在道边宁静的庄稼和远处黛色的山上。

其实，没有任何答案能阻止我的痛感，所以我不再叩问。叩，一下下，会让人的心紧缩成一团。

其实，没有任何劝慰能阻止我的伤感，所以先生不打扰我。劝，一句句，会让人的眼泪更汹涌。

"你空，是因为你有。"终于，先生用一句话凝固住我眼泪的柔情。

"是痛，可是也快。"终于，我用一句话总结了情绪的泥泞。

痛感中，有种快意。"你背对着我，却面朝大海。你远离了我，却站在了高地。"这不是诗句，是地理——儿子在那里。

不要因我，而有任何羁绊。我就是这么"狠"的母亲，对自己。

在家靠父母，出门靠自己。我就是这么"狠"的母亲，对孩子。

孩子到达学校时已是夜晚，先打车到宾馆休息，次日到了租住的宿舍与房东见面，然后安装网线、搬取寄存的东西。当然，这一切都要预约。随后，他到超市买靠枕、买被子，为自己的电脑更换键盘帽和显示器，替同学扛行李，为宿舍扛鞋柜。

在外，孩子有股狠劲，用"无情"当作外衣来包裹自己。三口人，都不拖泥带水，都自称"无情"，虽然"大旨"不会"谈情"，有时却不能不委婉地"说爱"。

"我知道什么是爱，但我不确定能否幸运地拥有爱，所以我羡慕你们。"暑期，晚饭后，在外打拼的儿子，含笑对父母说。

"有你们这样的父母真好，我从小就知道，虽然我从来都不说。"秋天，异乡，为自己布置好一个舒适的"家"后，儿子有感而发。

这些爱的表达——不是表白，来自爱的教育——不是教训。

那年夏天，他已长成翩翩少年。母子俩走在中国美院的校园里，他觉察到他被高中生活改变了表情："看着这些大学生的笑脸，我突然发现自己的脸那么严肃，都不会笑了。"我答："你会笑的，会和他们一样笑着享受青春年华。"

那年春天，梧桐花开的时节。有一场考试等着他，可是一家人一下高铁就拉起行李箱直奔平江路，看路人，尝小吃，等风来，等花开。那年，在苏州，他用英文表达了数学。

那些与家人一起去旅行、看电影的日子，化作无声的力量，裹挟着挫折与艰辛、搁浅与阻碍，坦然走向岁月深处。

长久的阅读与阅历，偶尔的厌食与厌世，上天却有好生之德，家人亦有宽厚之力，让我这样简单地活着——具备了"理智与情感"，超越了"傲慢与偏见"。

爱，既不是占有，也不是付出。爱一个人，不是爱他的成功，更不是爱他的失败。

爱，是一种本能，也是一种能力，不是耻辱。爱，是恩爱，但不需要报恩，不需要等价交换。恩爱的人，一个眼神一个动作，都是恩，都是爱，如同风吹过花开着，自然，而然。恩爱，何须"表演"？

先生在外，拍了彼岸花给我看——美丽与禅意。儿子在"家"，拍了他的衣柜给我看——干净与能力。而我，就这么又寂寞又美好——借用几米的漫画来表达。

三口人，如此独立，各人忙各人的，却又相扶相携，密不可分。几十亿人的地球，我们是一家人。多少辈子下来，我们才相会于今生今世。还有什么不痛快？还有谁人值得羡慕？

"临渊羡鱼，不如退而结网"固然很好，曾给过我深刻的影响。再换个方向，问问自己："如果，临渊不羡鱼呢？放弃为何不能理直气壮？接受为何不能心甘情愿？"羡鱼，或者不羡鱼，不是爱。但是，你若支持你的家人羡鱼，或者理解你的家人不羡鱼，那便是实实在在的爱。

世间万般好，你能拥有一好，便是幸运。

人生大不易，我却希望你的脸上始终绽放光芒。

我对家人说过无数的话，期望的话却只有这两句。

越长大越想家

　　他轻轻地碰碰我的手后匆匆进入安检口，他飞快地掠过我的头发让我"在家好好的"，他在人群里不放心地交代妈妈"别哭啊"。

　　机场别离的终点与重点，都在安检口。在飞机上的情形，是视频或见面时，儿子有一搭没一搭地讲给我听的。

　　印象最深的是他所描述的飞机餐。在回国的飞机上，他和浙江小伙伴Archer被荷兰皇家航空公司提供的餐点感动得差点流泪。盒饭烫得不行，他们却吃得"稀里哗啦"。风卷残云，很快吃光，再想要一份，终于忍住——国格、人格都在那儿呢。

　　这么说，不是飞机餐好吃，而是学校周围的饮食一律难吃到极点。不久前，我看了学校的一次直播。校方考虑周全，图书馆和实验室都会为顾不上吃饭的学子提供简餐。镜头扫过饮食，一看就让人胃口——不是"大开"，而是"全无"。学校外的餐饮也不敢恭维，不是三明治就是汉堡包。当地的美食叫作"鱼薯"（fish and chips），就是炸鱼与薯条。至于他们考完试去吃的"胜利鸡"，我就不知道是中餐还是西餐了。

　　这样的饮食，吃一天可以，两天也行，几个月也能勉强，一年还可凑合，但几年下来，就让人"无语凝噎"了。好在，节假日他们可以从超市买些半成品回"家"自己做来吃。好在，他们还有个从高中开始就在外留学的"杨大厨"。

　　"杨大厨"是个爱笑的东北人。他的手艺，是我从儿子的一条微信里"窥见"的。儿子过生日，"杨大厨"做了几个中国菜表达同胞情、兄弟谊。他做一个菜，就"光盘"一次；他再做一个菜，就"光盘"另一次。

　　"光盘"行动为何做得那么好？哈哈，原来是外国室友们闻"香"赶来，愉快地喊着"生日快乐"，飞速地吃完了盘中餐。最后剩下的，是韭菜饺子——

那味道外国友人觉得太"杠"，无福消受。过生日的儿子，和他那忙碌的"杨大厨"，吃完了韭菜饺子。

说到吃，那绝对是飞机上的亮点。漫长的旅程，坐飞机坐到屁股疼。如何消遣，是乘客和机组人员面临的"共同课题"。

空姐，不对，"空嫂"或"空姨"主动过来找年轻人聊天。国籍与专业、天文与地理、天气与饮食……一番闲扯后，"空姨"突然想起了一个问题："你们中国人，英语为什么说得那么好？"我至今得意于儿子的反问："我们中国人，为什么英语就不能说那么好？"

高大的荷兰"空姨"对这个回答显然很满意，虽然一脸的茫然仍写在多皱的脸上。

儿子第一次和外国人聊天，源于初中时的一次游学经历。也是在飞机上，一个印度男子和他聊天，用英语。印度男子问儿子要不要喝威士忌，说飞行那么久，喝点酒有助于睡眠。那次，不到十四岁的儿子发现自己的英语勉强够用，后来他就能分辨不同国家的不同口音，尤其是印度口音。

今天，我在网络上问儿子："回头一看，是不是像做梦？"儿子答曰："不像，挺幸福的。"

语言能力，是我很看重的一种能力。有人说语言是个工具，我觉得不止于此，它还是一种文化探向另一种文化的触角。所以，从孩子一出生，我们就不断培养孩子对听说读写的兴趣，希望他在语言上能轻松些、精确些，孩子也确实在学业与玩乐中锻炼出了对语言的敏感。

虽说如此，但是"天外有天人外有人"，有些非英语国家的学生入校时雅思就考过了八分，那是很多英国本土人都无法达到的水平。

初生牛犊不怕虎，他们憧憬着另一种人生，豪迈地登上了飞机。可一旦被"空投"到异国他乡的"大草原"上，第一反应却是赶紧打道回府，甚至都不愿意打开行李。虽然，他们得赶紧收拾行李，扯好网线，以便尽快和国内焦虑的亲人联系上。

今年离家，一向用"无情"包裹自己的儿子也有些恋恋不舍——也许，真的是越长大越想家。飞机上，他有同学做伴，心里感觉却又堪称"无所谓"。

幼时的他，曾经认为"无所谓"是道菜，因为外出吃饭时，他爸爸一问吃什么，我就爱说"无所谓"。

人这一辈子，若能品尝几次"无所谓"，也算别有滋味了。他的邻座是个女孩，做不到"无所谓"，哭了一路——十几个小时的行程。"空姨"很负责，几次过来询问女孩需不需要帮助，女孩哭得不能自已。

视频时，儿子对我分析说，那个女孩应该也是个留学生，可能是第一次离开家门、离开国门。儿子没有劝阻或安慰那个女孩，因为，他懂得那种非哭不可的感受，虽然，他知道哭是没用的。

飞机起飞和降落时，儿子竟然都能睡着。有一次，一觉睡醒，发现飞机还在地面上。他能坦然面对，安然入睡，当母亲的自然欣慰。可是，当我乘坐飞机，在飞机起飞的一刹那，孤单的感觉却总是那么强烈。

机场里，我们与他们拥抱——团聚或道别。飞机上，他们一坐十几个小时——远离父母或奔向父母。机场的别离与团聚，从来就不成诗歌。它是散文，为智慧——一个人的成熟；它是小说，有余地——各色人等的成长。

对我来说，机场的别离与团聚什么都不是。它只是生活本身，不用奢谈一些意义；它只是人生本身，不敢怀疑一些意义。

青春作伴好还乡

上班的路上，车里放着《春江花月夜》。我们听一段就静音，说一阵话后再把音量打开。听听，停停，是因为总有话要说。

青春作伴好还乡，儿子回来了。先生对我说："儿子上网买了两本宋徽宗的瘦金体字帖，当时你还在睡觉。真是神奇啊，他突然间就爱上了毛笔字。到底是我们的儿子！"

近水楼台先得月，一家人都在读书。我对先生说："儿子能快速阅读毛姆的《人生的枷锁》、陀思妥耶夫斯基的《罪与罚》，这是多少中文系毕业生终生都看不下去的。到底是我们的孩子！"

对此，儿子也曾有过类似的表达。放假一回到家，他就对我们说："原以为我会和你们不同，所以我选择了工程类专业。现在发现，我还是喜欢读书，到底是你们的孩子。"其时，他刚试写过毛笔字，正翻着满案的书。

亲友为他的归来接风，提到我们一家人看书真多。儿子笑说："比起我妈妈，我算看得少的。"儿子和我们聊天，不经意间说起同学们对他出身书香家庭的羡慕，他说："我挺为你们骄傲的。因为阅读，我和他们也不一样。"

更令我惊喜的是，他会引导小孩子了。小外甥来我家串门，他指着书柜对他表弟说："人为什么要读书？你看这一柜子的书，就造成了人与人的不同。"

他找自己喜欢的书，发现书柜每个格子里，书都放了内外两层，家里的每个角落都有堆起来的小书山。他说："我要是读完这些书，就不是你现在的'成色'了。"我毫不回避自己的"失败"，笑问他："你是觉得妈妈没有取得相应的成就，也没有相应的影响力吧？"

儿子在英国通过了世界第一智商俱乐部的测试，成为门萨会员。他爸爸和他开玩笑："你的智商那么高，是不是要感谢爸妈？"言下之意，做父母的把什么都给了孩子，尤其是智商。儿子回答说："智商高，我也不特别感谢父母，正如假使我的智商低，我也不会抱怨父母一样。"

儿子的见解，总是能够直击事件的本质。所谓的聪明不必感激、痴愚不必抱怨，正显现了一颗当下鲜见的平常心。有了这样的平常之心，他可以宠辱不惊、收放自如了。至于他妈妈有没有影响力，又算得了什么？重要的是，妈妈就是妈妈，妈妈仅仅是妈妈。

这次回家，儿子不断表达这样的看法。获得了世界的参照物，懂得了父母的经纬度后，他更加心疼妈妈，希望他的妈妈不去为难自己，能做自己喜欢的事。

那次，娘俩站着，儿子一下子看到了我的白发，抚弄了两下，不由得困惑："俺妈看上去无忧无虑的，为什么会有那么多白发？"我听后，有些甜蜜的小伤感，却也没多说什么。

我之所以遭遇"童颜"却"鹤发"的失败，固然有诸多原因，比如为最基本的生存就消耗了十年，被某些人物左右又荒废了十年，但我知道这些都不是最重要的。因为，在时间的缝隙里、在世间的罅隙里，我始终填着努力的沙。

我珍惜与家人在一起的每一分钟；我珍惜自己独处的每一分钟；我珍惜倾听师友的每一分钟；我珍惜埋头阅读的每一分钟。时间于我，太过珍贵。

午间，小睡即起。适逢父子二人酣睡，不忍打扰，遂拿书一册，翻读于榻。夏风烈烈，忽然忆及滁州醉翁亭，闻六一居士对客曰："吾家藏书一万卷，集录三代以来金石遗文一千卷，有琴一张，有棋一局，而常置酒一壶。"欧阳修独行于个人生命与历史时间之间，不怕人讥，不畏人诮："以吾一翁，老于此五物之间，是岂不为六一乎？"

对六一居士赞誉有加的东坡居士，也曾以诗明志："江山清空我尘土，虽有去路寻无缘。还君此画三叹息，山中故人应有招我归来篇。"

归去，来兮。苏轼与欧阳修，黄楼与醉翁亭，为何会留在时间、空间的深处？

当年，欧阳修"受侮于群小"，有人建议他"远引疾去"。欧阳修在《归田录序》中答曰："凡子之责我者，皆是也。吾其归哉，子姑待。"看来，不论古今中外，文字皆来源于生存与生活。

"木生于山，水流于渊，山与渊且不得有，而人以为己有，不亦惑欤？"流放的路线在大地上打下了一个问号，苏轼表达的"价值观"令人感慨。恃才的苏学士只爱物不傲物，所以他不能置身事外却能超然物外。也许，这是他处惊不变亦处变不惊的原因所在。

听着《春江花月夜》，我想起了唐代诗人张若虚的《春江花月夜》。大学时，老师要求我们全文背诵，考试时还要用繁体字默写。如今终于明白，当初你所抱怨的，其实正是后来你所受益的——学生时代打下的基础必能让你轻松阅读。

"有些人活了一辈子，从没读过书，如同从没睁开过眼睛（在我们的认知里，上学不等于读书）。我见到的教授们，满头白发，一脸皱纹，但都不觉得自己老，整天乐呵呵的。就连那些皱纹，看着都让人高兴，仿佛它们不是皮肤的褶皱，而是岁月的痕迹。我希望爸妈老了也能这样。"想着儿子的话，我们来到了苏堤路上。

在那里，我遇到了一株梧桐。她在开花，她站着。我在车上，我看着。她像一个女人，引领着一群男人一样的绿树。正交谈着，话音未落，我就听到有个声音说："她遗世独立，她只是一个人。"

我笑而不语，梧桐亦不言。

啃着孤独长大

儿子起床了，在阳光很好的早晨。

随后三口人视频，听儿子说起他的同学还有他的实验之快——测试普朗克常数；说起英语的优雅，还有祖国的语言之美——做父母的给了孩子极好的成长语境。

儿子说有件事他一直好奇，就是在机场分别后爸爸妈妈有没有哭。儿子说他没哭，进入安检口后虽然感觉无助、焦虑，但一瞬间就过去了。

先生毫不讳言，说你妈妈离开安检门后泪如断线珠子。我笑说，春节前我还写了篇机场送行的日志，一直没敢发，怕儿子看见伤感，现在可以发了，因为那些曾经的别离苦已经成为今天的成就感，亦将变成明天美好而轻快的回忆。那些空间的伤感，经历了时间的打磨，已经温润如玉。

视频戛然而止，直等到下次视频我才了解到事情的来龙去脉。

儿子在网上认识了一个男孩，十六七岁的样子，因为父母是渔民，一家人都住在船上，不方便去读高中，也就辍学在家了。知道儿子在英国留学，很是羡慕，就想跟儿子学英语。儿子一口答应，只要有时间，就在视频里教那个台州男孩。儿子自己做了授课提纲，进行一对一的讲授，真正做到了"因材施教"。我问儿子是否收费，儿子说"不"。

他做了很多事，也都是轻描淡写地一带而过，还总是交代我们要低调，对外不要多说。

读书、唱歌、旅游，他都喜欢。打篮球、弹吉他、玩游戏，他也喜欢。写论文、做实验、做家务，也成了他的习惯。

其实，他还写作。因为凭着兴趣而写，时长时短，时写时不写，他的写作还停留在写日记的状态，或者说，已经到了表达自我的境界。

学前，我们不教他识字，也不要求他认识汉语拼音，但是每天都会来段睡前日记——他口述，我和他爸爸负责记录。后来，他在老师的指导下开始写作文，却总是按照自己的所思所想来写。在应试教育里，这种方式绝对是冒险，但是他却从不怕写作文，更不依赖优秀作文选。

那天，儿子主动提出要与我们视频，因为觉得爸妈想他了。我夸他体贴人心、善解人意，他开玩笑说："我就擅长这个。"我问"独在异乡为异客"的他孤独吗？他脱口而出："你儿是吃着孤独长大的。人家是被孤独吞噬，我是吞噬了孤独，所以心态超好，不需要任何依赖。"

这样的"金句"，也是儿子所擅写的。四年级时，儿子就写过动人的"金句"："我明白了，妈妈给我的是'繁忙'的母爱。母亲的爱，可以克服一切困难。"如今读来，"金句"比金块都珍贵。当年，我和先生忙于工作，理直气壮地忽略了他。如今他长大了，有时笑着"控诉"我们的敬业造成了他童年的孤独。岁月如梭，人生几何？对孩子与父母，该爱就爱吧，其余的，多是点缀。

儿子的话，总是令我心生敬佩。在他小时，我就说过我们崇拜孩子，和孩子一起成长是一件骄傲的事，"母亲"这个角色是我最喜欢担当的。

午饭后，我一觉睡到天黑。先生在微信上对儿子说："你妈虽在中国，睡得却像某国人一样。"哈哈。

以前，儿子总笑话他妈妈是"教（觉）皇"，说"妈妈把天都睡黑了"。现在，和儿子虽然天各一方，无法听到他亲口打趣我，却也沟通无碍，却也天涯比邻。

写就"中国人"

最近，一直在利用晚上和周末的时间阅读《万物的签名》。母亲问我看这一本书大概需要多长时间，我说"一个月"。"有时候，美需要一点冷落，才能应运而生。"我无法忘记书中这句话。

那天视频，远在异国的儿子说："虽然前路依然坎坷，但并不代表走过的路没有意义。"随口说出这句话的儿子，让我心生佩服。孩子小的时候，我常说要崇拜孩子；孩子大了，我依然是这个观点。

是啊，坎坷的"前路"，走了很久，却也意义重大。起码，一家人一起努力过，一起见证过。时间的起点，是勇气，中间是长长的路，终点必然是成绩。《红楼梦》的作者曹雪芹"十年辛苦不寻常"，《南明史》的作者顾诚"板凳甘坐十年冷，文章不写一句空"。

坎坷的路上是什么？冷落。美需要，读书需要，命运需要。当然，路上也有"珍珠"，那是或小或大的惊喜，优雅而实在。

儿子读博一年后，有一场严格的答辩。在此前一周，他就憧憬着："那么好的PPT，那么好的英语，那么好的形象。"视频时，三口人会心地大笑起来。果真，儿子以高分通过答辩。

后来，因为有论文发表，儿子得以去芬兰参加一个国际学术会议。他办好签证，虽然时间很紧。他登上飞机，虽然晚点一个小时。其实，不是在那一刻，他才独自走上自己的舞台，走向舞台的中央。因为做好这一切，"像连珠炮似的，我都佩服自己"。

夜晚，等着儿子抵达的消息，我读书消遣。眼睛穿行在字里行间，念头云游在遥远的世界：闹中取静，方是读书之道。窗外传来孩子的哭声和父母的咆哮，我断定有人在打孩子，探头往外看了一眼，只看到了一家家无动于衷的昏黄灯光。

赫尔辛基机场。五年前，我曾在那里中转过。此时，儿子又在那里降落，这让我备感亲切和亲近——和儿子靠近了一点。芬兰和中国的时差是五小时，英国和中国的时差是七小时，所以儿子有属于游子的说法："和祖国的时差小了，感觉离爸爸妈妈更近了。"

见识了世界，认识了不一样的人，儿子有很多话要对父母说。他说导师的说法是对的，读博的你和之前的你将会完全不一样，精英们也让人敬佩，为了人类进步不在乎个人得失。

会议上，儿子做了半个小时的演讲，底下坐着一群大佬。茶歇时，他们一起交流，儿子的英语得到教授和其他博士的好评，有个中国女生甚至问儿子还会不会中文——儿子的英文流畅到让人怀疑他忘了母语。他们还约定，打磨好下一篇论文，等着在意大利罗马再相见。

"在青春做伴的日子里，我希望你去周游世界，让你的背包装满世界各地的文化，如同印章盖在你的护照上。"我对儿子说。

"你要是在那个位置，时间会赋予你一切意义；你要是游手好闲，时间将变得毫无意义。因为，时间会让美酒变得更加香醇，会让腐肉变得更加臭不可闻。"儿子对父母说。

儿子，成为我的引路人。儿子，也是我的榜样。众声喧哗，我要做"定海神针"，不能被旋涡裹挟着走。

我觉得自己一直没能挣脱一些东西，这，迫使我低头反思。我知道，我终有扬眉吐气的一天。

儿子与我们视频，有时一聊一个多小时。儿子说他看到两句话，感触很深，一句是"孩子花着父母的血汗钱去看世界，却嫌弃父母愚笨"，另一句是"父母在，有来路；父母不在，只有归宿"。

在异乡，儿子生活充实，辅导学弟是经常的事，偶尔也会主动替尚未抵达的同胞保存行李。因为，行李有时比人来得早。

从学校的研究中心出来，他和同学阿罗坐在台阶上休息，硕士生阿强一见，赶紧掏出笔记本来请教。阿强的室友曾花近万元请了个博士生指导功课，而儿子无偿为阿强辅导，且是一对一的英文教学，阿强高兴得不行。

儿子的室友是土耳其的女孩阿葩和阿尔巴尼亚的小克——埃及的玛利亚家中有事不常过来。他们都喜欢中国菜，夸赞中国菜好吃，儿子经常做油焖豆角面和火锅，请他们大快朵颐。吃面，阿葩不过瘾，端起锅来喝汤；围坐在一起吃火锅，阿葩吃了好几盘子羊肉，也不怕吃撑了，也不叫嚷着减肥了。小克的父亲在中国多年，会中文，有中国朋友，得知自己的儿子有个中国好友，便热情邀请儿子去他们那里游玩。

小克会用筷子，阿葩不会，被韩国餐厅的服务员嘲笑。要强的阿葩在宿舍里反复练习使用筷子，也到土耳其餐厅打工。也许是太疲惫，也许是接触人太多，阿葩生病了，哭了起来。儿子对她说，只要需要，可以帮她做饭，或者，请她吃火锅。

儿子以自己的修养，在异国书写着"中国人"三个字。

万物的签名

从上海到华沙，一路向西，奔着一场文艺之旅而去。从布拉格到上海，一直往东，朝阳在中国迎接我们。

暮色四合之际，在赫尔辛基中转，大雪包裹了芬兰的田野与村庄，如同一幅有着中国神韵的水墨画。穿过风雪与黑暗，看到门窗里透出点点灯光，让人感觉就像在童话世界里呼与吸。

即将飞到万米高空，即将飞离这水墨与童话。美丽的东欧、文艺的中欧——还没离开，便让人开始怀念。

一支旋律老是回响在我的脑海里。我凝神谛听，发现那是波兰友人唱过的一首歌。我不知道歌名，却记住了那轻松明快的节奏。莫妮卡告诉我："这首歌表现的是一对青年男女的……"当她还在斟酌字句时，我一下子想到了中国的《康定情歌》，便试着问道："爱上了？"莫妮卡说："看上了。"我点头说："是遇见了，有了感觉。"

我和莫妮卡会心而笑。

莫妮卡是波兰人，供职于中国一家公司。她的汉语引起我的注意，是在波兰的肖邦公园。踩着雪水，听着讲解，我们夸奖她汉语讲得好，她说："哪里，哪里。别人都夸我汉语说得好，可是我知道，我的'四声'区分不好，汉语讲得一般。"她不仅会谦逊地表达"过奖过奖"，还像中国人那样爱说"好说好说"。她会用一些网络热词来活跃气氛，也跟着我们学用一些历史名词，比如奥匈帝国。她的言辞里流露出对波兰的热爱，又对我们热切地表达"我热爱中国"。

就这样，我和莫妮卡，一路用祖国的语言和异国的语言，一起探讨不同的文化。波兰友人用波兰语、英语和汉语，我们用汉语和英语。大家都不怕闹出笑话，总是兴致勃勃。

善良、体贴、开朗、美丽，莫妮卡就是这样的女人。

我因为上火，唇上起了泡，莫妮卡从包里拿出药膏，嘱我多抹些。同行

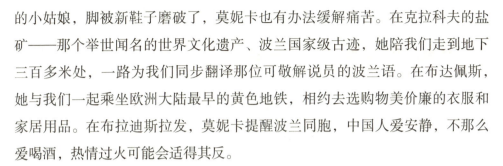

的小姑娘，脚被新鞋子磨破了，莫妮卡也有办法缓解痛苦。在克拉科夫的盐矿——那个举世闻名的世界文化遗产、波兰国家级古迹，她陪我们走到地下三百多米处，一路为我们同步翻译那位可敬解说员的波兰语。在布达佩斯，她与我们一起乘坐欧洲大陆最早的黄色地铁，相约去选购物美价廉的衣服和家居用品。在布拉迪斯拉发，莫妮卡提醒波兰同胞，中国人爱安静，不那么爱喝酒，热情过火可能会适得其反。

回国后，我对她念念不忘。她说，她对我也是难以忘怀。

念念不忘，必有回响。这句话，莫妮卡能听懂吗？

这是一个莫妮卡，还有另外一个莫妮卡。

因缘际会，我一下子认识了两个莫妮卡。在上海的莫妮卡负责文化交流工作，她在电话和微信里为我提供了不少信息和帮助。她入乡随俗，待人接物如国人一般，热情相邀："到上海来，一定要提前告诉我哦！"

莫妮卡，总是莫名地引得我哼起那一句歌词："哦，莫妮卡！"

不仅仅是莫妮卡们，英文导游迈克尔也给我留下了深刻的印象。从华沙机场出来，一走进客车，迈克尔就过来用英语问我们喝点什么。在克拉科夫的一个教堂里，我坐在木椅上等其他人，他小声地陪我聊起天来。我原以为他只有二三十岁，没想到他已经四十多岁了。在布达佩斯的中央大街，虹正给我拍照，他突然出现在镜头里，俯身看我的表情那么调皮。他个子高大，金发扎成个小辫子翘在脑袋后面——言行却仍是个传统保守的绅士。

外国友人一直陪同我们行走在欧洲大地上，徜徉于美丽的风光里。

音乐晚餐，伴随着欢快的乐曲，他们唱歌跳舞，邀请我们一起赛歌。琳达说她喜欢《北京欢迎你》这首歌。于是，我们以此歌答谢她。我说，我在《安娜·卡列尼娜》里见过波兰的玛祖卡舞。恰巧，波兰的民族歌舞团载歌载舞地过来了。

"老卫"热情开朗，他为我点了热红酒，说喝完三杯就比爱情中的女人还要幸福。可惜，喝完两杯热酒之后，我就无福消受第三杯了。

"小卫"年轻帅气，他给我们看他的妻子和两个儿子滑雪的照片，他的父亲给我们看一家人其乐融融的视频。

波兰人重视家庭，这是我得出的结论。

一场旅行就是一场治愈

从波兰到匈牙利，再到斯洛伐克；从斯洛伐克到奥地利，再到捷克。

中途，我们竟然用一天时间穿过了三个国家：早上从匈牙利的首都布达佩斯出发，中午到达斯洛伐克的首都布拉迪斯拉发，黄昏时分抵达奥地利的首都维也纳。走这条路线，除了高速公路，你还可以选择水路，乘船在多瑙河上观光。

阴冷多天后，太阳升起来了。那一天，是忙碌的一天，也是美丽的一天，更是刺激的一天。头天晚上，我们在布达佩斯狠狠地吃了一顿美味的晚餐，作为甜点的冰淇淋，令人回味至今。从具有稍显空旷的文艺范儿的布拉迪斯拉发，赶到维也纳更为古典的艺术之都前，中间有一家大型奥特莱斯商场，欧洲人在那里找到合适的大牌服饰，大包袱小行李地置货。

到达维也纳时，已是黄昏，天空现出粉色、妃色与蓝色混合的色彩。在这样梦幻的天色下，我们进入白水公寓，参观那些用废弃物做成的精致工艺品——生活用品如同工艺品，工艺品就是生活用品。生活和艺术，在这里就是一回事。在导游的指点下，我发现没有一扇窗户是雷同的。

公园、皇宫、教堂，大街、小巷、广场；哥特式、巴洛克、洛可可，神秘、诡异、崇高。走着、看着，你忘了自己身处何方，恍惚到了"不知有汉，无论魏晋"的桃花源，又仿佛看到那"蔷薇依附十八世纪的油画上"。

至今浮现在眼前的，除了美人美景、美味美妆，还有克拉科夫的琥珀项链和盐制用品、布拉格的水晶戒指与人物小丑、布达佩斯的手织毛衣和中国餐馆。

在布达佩斯的皇宫，推销手织毛衣的吉卜赛人连比带画地说："这是妈妈织的。"待我买下那件白色的毛衣，吉普赛女人对我报以微笑，等我离开时又挥手告别。我在那里买东西，是无法拒绝她们的"围攻"的，还是想到了曾经在此驻足的茜茜公主？

微风细雨中，我们进入布达佩斯的一家中餐馆——据说是欧洲最好的。我们有幸在那里吃了一顿午饭，它的地段和味道果真没有辜负游客与吃货给予它的口碑。厨师来自中国东北，这让同行的文文非常开心，因为她和他是老乡。

我曾经说过，一场旅行就是一场治愈。

旅行能满足你的情感需求，消除你的心理焦虑。这一次，我沿着孩子以往的飞行路线走了一趟，便不再凭空想象安检的拥挤、飞行的寂寞、抵达的烦琐。

旅行还能带来什么？开悟。美国作家比尔·波特说，有人曾向一位西藏修行者请教证悟之法，他给出的答案是"离开你自己的国家一段时间"。因为，"做一个外国人可以使你有机会重新审视自己文化中习以为常或引以为傲的东西"。

英国小说家毛姆说过另一种原因："他们与自己的亲朋生活了一辈子都形同陌路，在他们唯一熟悉的场景中落落寡合。也许就是这种陌生感，让人远走他乡，漂流四方，寻找某些永恒的东西，让他们可以牢牢地依附在上面。"

杭州三弄

清明之后的第一个周末，我到了杭州。林徽因说："最美人间四月天。"这个时候去访问一处人间的天堂，是多么美好的一件事啊！

灵隐寺边。

我去了灵隐。那里正一派新绿。香樟、广玉兰、五角枫、女贞、栾树、合欢、榉树、朴树、榔榆……一树一树的新绿在头顶上蔓延，一片一片翠绿在脚下铺陈。

万物生。

一溪清流，从山上而下，泠泠作响，不舍昼夜。那水至清，让人能直视水底。水底之败叶、圆石清晰可辨，又让人疑惑水是否称得上至清。

水流之上，是峭壁。峭壁上，壁龛里，尊尊佛像、菩萨像，或立或坐，若喜若悦。

溪中水流，岸上人行，树上花开花落，地上草枯草荣。千百年来，佛和菩萨对此悉知悉见。他们并不言语。

出了景区，我走进一户人家。我不能确定是那六七朵郁金香吸引了我，还是那四溢的茶香引导了我。热情的女主人麻利地为我泡上一杯新茶。看着茶叶在热水中沉浮，嗅吸着杯中浓郁的香气，我与主人进行着轻松的交谈，那一刻，世事不来扰，清净自然生。

一边是禅意深深，一边是红尘滚滚。一边是俗世热闹，一边是寺院清寂。槛内槛外，放弃坚守，谁又能说得清呢？槛内槛外，生活修行，谁又能分得清呢？

我羡慕女主人家住在风景区边，每天面对着如画风景。她却说，自己对这一片风景已经熟悉得视若无睹。倒是到了外地，觉得草原的壮阔才是一种美。是的，我们经常犯的一个"美丽错误"，就是总觉得最美的风景在远方、在别处。

我们为什么总是时不时地想流浪，流浪到远方？因为，远方有骨子里的诗意，远方有"梦中的橄榄树"。我们到灵隐，不正是一次"远方"之行吗？

女主人告诉我，新茶下来，得炒三遍。茶叶，那饱含了自然精华的天赐之物，经受了严寒的考验和孕育，从一叶叶采摘下来到一片片炒制入杯，经过了怎样的不容易？所以，她坚持让我把茶喝了三道，说茶容不得一点浪费。是的，这一方水土对我们的馈赠，怎能浪费呢？不止于此，一切美好的物事和人，都容不得我们有一丝一毫的浪费啊！

龙井茶。

西湖边的梅家坞，茶园沿着山坡蔓延，成群的妇女单肩背着竹篓，散落在漫坡的茶园里。她们的斗笠，似点点白鸥，也似点点白帆，在绿色的茶海里，缓缓地移动。

农家院子里，晾着刚采回来的新茶。竹篓里，竹席上，炒锅里，茶杯里，到处是新茶的香，那么清新，那么热情。

此时的梅家坞，是忙碌的，是喧嚣的。不仅农人在忙，商人在忙，旅游车也在忙。村子里停满了旅游大巴，一车一车的游客，从天南海北来，然后再分头走进一户一户的人家，要上一杯茶，赏着院子里正在开的或将要开的花，一口一口地啜饮着，哪里还顾得上溪水和时间正哗啦啦地流走呢？"到梅家坞喝茶"，一句简单的话，寓示着多么惬意的生活啊！

在一排民宿里，有一间独独显得有些突兀。突兀的是它以"云栖梵径·蓝"命名，带着一丝优雅。它的格调，它的氛围，自是与众不同。

一问，女主人果然不是当地的农民。她从城里来，在这里租了房子，按照自己的想法，重新设计了庭院、绿植、房间、设施和氛围。

女主人穿着得体的蓝花外套，美丽健谈。她说这个村子本来叫梵村，旁边又有"云栖竹径"这个著名景点，所以起名为"云栖梵径"。

坐在楼顶的平台上，对面是山，山上是一垄一垄的茶叶，直排到山顶上去。夕阳西下，背着茶篓的采茶人三三两两地归来，在溪水里洗去一天的劳累，闲语碎语洒落一路，钻入茶树丛中，不复寻得。这时，仍然不见炊烟，但你闻得到茶香随夜幕而降，令你不能也不忍回避。你的头发里，衣襟上，甚至呼吸里，记忆里，都是茶香。

静静地看着对面的茶山，一棵大树在低矮的茶树中显得突兀。它正在开白色的花，它的突兀，在于高大，在于孤单，还有那满眼翠绿中的一树洁白。

如果你去梅家坞，找到那一片茶海，找到那一棵突兀的花树，也就找到了那一间"突兀"的民宿。

黄公望。

从梅家坞出发，三四十分钟的车程，便到了富阳。我去寻访黄公望晚年隐居之所。

黄公望纪念馆里，播放着关于《富春山居图》的传奇，陈列着完整的复制品。复制品终于完整，不像原作分隔于海峡两岸。这是复制的力量，可以让残缺不再，也可以让原作神韵存留。

从纪念馆出来，往山的深处走去，据说那里是黄公望的隐居之所。电动车在狭窄的山路上挺进，一路茂林修竹，一路清流激湍。那风景亦像《兰亭集序》里所描述的。所以，我有理由相信，浙江的山水里走出了王羲之、王献之、黄公望，是与茂林修竹和清流激湍分不开的。

终于到了一片空旷之处，迎面一座峰，傲然挺立。解说员指示我们辨认，这山便是《富春山居图》末端的那一座峰。

像。

山下的黄泥小屋，是新建的、仿建的。自元至今，几百年矣，过去的黄泥墙、茅草屋，早就扛不过时间的风雨了。只有青峰依旧。

我站在峰前想，能够对抗时间的，除了青峰，便是艺术。

当年，黄公望或曾长时间地面对这一座青峰，然后看到了自己。今天我们再来面对这一座青峰，从中认取这位元代第一高士。

黄公望本不姓黄。姓陆，名坚。后来，陆家将他过继给一位年届九旬而无子嗣的黄翁。黄翁甚爱之，得之喜曰："黄公望子久矣。"于是陆坚成了黄公望，字子久。

他姓黄还是姓陆，于我已不重要，重要的是他作为一位伟大的画家，给我们留下了伟大的作品。

一位伟大的画家，他不会狭隘地属于陆姓或黄姓，他应该属于时间，属于艺术。

还有那个黄公望赠予画作的无用，也成为另一个衬托。他迫不及待地在《富春山居图》尚未完成之时，便请黄公望将他的名字题款于末，以便及早确定他对此画的所有权。时间过去那么久，这件伟大的作品在无用的手里，短得不能再短了。但是黄公望对于友人的情谊，却横跨了那么多的朝代，与艺术一样久长。

所以，我又想起了那一座青峰。青峰可以不老，艺术就一直年轻，友谊就一直醇厚。

次日，当我站在钱塘江边，将江面上的一艘艘小舟纳入手机的镜头，我惊讶地发现，手机里呈现出《富春山居图》里的小舟，浓墨一横，简约、生动。那船头上浓黑的一点，不正是黄公望吗？他漂荡在时间的长河里，一任逍遥。

当我后来再次回忆起《富春山居图》，我又想起画中的处处细节。六米多的长卷中，画有八个人物：书生、伐薪者、渔翁、隐居者……有人说，这八个人物，是黄公望对自己一生的写生。这是极有可能的。当年，他创作此画时已经七十九岁；创作完成时，他已经八十六岁——是对自己跌宕起伏的一生进行总结的时候了。

别人看《富春山居图》是一幅山水长卷，我看它，更是一幅人生长卷，让我对"命运"这个我一直说不清的话题，至此有了深一层的理解。人生如画，有丘壑深深，有江水滔滔，或隐于山林，或从流漂荡。

至于如何布局，如何描画，全在于你自己了。

盛夏的防川

深夜两点多，突然醒了。那么清醒，竟没有一点睡眼惺忪。拿起手机，看朋友圈，邂逅佩尔南多·佩索阿的一首诗。

"那些人性的东西打动我，因为我是人""我的心略大于整个宇宙"，一下子打动了我的心。夜深沉，我的眼前上映着一幕电影，关于盛夏里的东北之行。

因为在半夜醒来，因为特别清醒的缘故，过去的那些事、那些人，白天的那些对话、那些场景，在清醒的夜半，显得更像一场梦。东北给我的印象如此强烈，以至于很久我都无法正视、无法表达，我觉得那就是一场梦。

是那样的地大物博，是那样的天蓝云白，是那样的绿树成荫，是那样的白山黑水。

行驶在公路上，道旁多是玉米，随风摇曳的花朵们为玉米地设置了一道色彩缤纷的屏障。远处是黛色的森林和山峰，玉米地又成为它们连绵不绝的篱笆墙。

这样的层次延伸着，我以为自己徜徉在欧洲的原野上。初春，在奥地利乘车从田野经过的感觉复活起来，和东北的印象不断重叠，终于让人分不清到底身在何方。

而层次分明的庄稼、山川凌厉的地貌，给我一种错觉，我觉得自己仍在苏浙一带游历，似乎根本不用乘坐高铁、飞机、汽车长途跋涉而来。东北，折叠成了苏浙。

延吉到了。第一次听说这个地名，第一次到达此地。

黑龙江的朋友送我们从镜泊湖过来，另有吉林的朋友在延吉迎接我们。在镜泊湖，我知道了上京有个渤海古国，知道了原来宁古塔——那个著名的发配之地——就在东北那旮旯。

以我对地理和历史的兴趣，我在车上百度到了"延吉"——我要知道我站在祖国的什么位置、什么地方，我的经度是多少、纬度是多少。

延吉市是吉林省延边朝鲜族自治州的首府，县级市，位于吉林省东部、延边州中部、长白山脉北麓，处于东北亚经济圈的腹地，距离中俄边境六十公里，距离中朝边境仅十余公里。

从大街小巷走过，你会发现所有的大楼、店面都用两种文字书写，朝鲜文在前，汉字在后。文字如此，语言也是。朋友的孩子上小学，和他妈妈说话一会儿朝鲜语一会儿普通话，平时还在学校学习英语。哈哈，这真是一出生就会两种语言，一学习就懂三种语言啊！

我一心想着长白山，同伴却提出到边防去看看。当地朋友立刻联系，电话里不断提到一个叫"防川"的地名。防川，就是珲春那个有名的"一眼望三国"的地方。珲春，最早见于《金史》，满语的意思是"边地之城"，既与俄罗斯、朝鲜山水相连，又与韩国、日本隔海相望。

从延吉市内开车两小时就到了防川。珲春是"边地"，防川是"边地"之边。登上龙虎阁，凉爽的风吹着，朝鲜和俄罗斯近在眼前。放眼望去，无边无际的绿色中，有大桥、有铁丝网、有哨卡，安静平和中藏着剑拔与弩张。我一下子就想到了"寸土必争"这个成语，爱国情怀油然而生。

在镇江西津渡，我曾见到一块玻璃下的千年老路，号称"一眼千年"，那是时间之老；在珲春防川，我看到了同一天空下的辽阔疆域，人称"一眼三国"，这是空间之大。这一眼那一眼，就是时间和空间啊！当我感受到宇宙之大时，却第一次感觉到了"我的心略大于整个宇宙"。

我在一张地图前站了很久。

《中俄瑷珲条约》,《中俄尼布楚条约》,《中俄北京条约》。规定的边界、划定的边界、设定的边界。江东六十四屯、海参崴、额尔古纳河左岸。

那几个条约幻化成线条，在地图上强硬地弯曲着，似锋利的刀子，在土地上肆意割出一块块难以愈合的伤口。我几乎看到了那些经纬纵横的肥沃土地被怎样拱手相让给异国，当地百姓又如何耻辱而愤怒地离开故园。

土地太肥沃了，风景太美丽了，人们太勤劳了，物产太丰富了。

离开延吉，是有些不舍那里的美景美食的。在飞机上，再看一眼不规则的田地和羊肠般的道路，那么清新，那么美丽。说它是织锦，织锦不如它有想象力；说它是画面，画面不如它有灵动性。

国庆假期，我和妹妹重访一段废弃的铁道。我在那里长大，又从那里出发。从小，我的心就在远方；长大后，我却以一身明媚来回报它的锈迹斑斑。

你看，久不见来车，路都锈了，藤蔓爬上来，宣示柔弱的胜利，哪怕是短短的一季。唉，我们的头脑也是这样的吧，没有坚定的远方，便会让杂芜占领。

铁道延伸到远方，让我们念着佩尔南多·佩索阿那首《我下了火车》，沿着路轨走一次吧。

旧时月色，曾几番照我

去年大年初一，我们从海安驱车去了如皋水绘园。今年大年初一，我们又从海安出发，开车到了南通博物苑。

水绘园，去过不止一次。每次随先生回家探亲，兴致来了就去一趟，顺道，或者专程。看了水绘园，再读冒辟疆的《影梅庵忆语》，感觉与南通亲近了好多。

南通博物苑，我是第二次去。之所以有"第二次"，那是因为第一次的感觉太美好。

2013 年初夏，江苏省作家协会青年作家读书班在南通举办。我在南通学习了一周，也用心体味南通的风土人情。启东作家李新勇先生和我素不相识，他的夫人我也从未见过，夫妇俩却在一个中午引领我和另一个文友去了南通蓝印花布博物馆和南通博物苑。

舍弃了中午的休息，身心却得到了洗礼。五月的翠绿映衬着蓝印花布，博物馆里一派生机。五月的濠河倒映着垂柳，博物苑里古木参天。

绿如蓝，绿与蓝。在博物馆的绿与蓝里，有幸见到了吴元新馆长，瘦高的个子。在博物苑的水与树间，参观了范氏诗文世家陈列馆，小巧的楼房。

纳兰容若写"人生若只如初见"，可见"初见"多么好。而"再见"的感觉依然可以很好。

时隔两年半，再去南通博物苑，时令已从初夏走到了冬天。大株大株的蜡梅，满园满园的香气。我或俯或仰，使劲嗅那香，先生笑我"太贪婪"。恋物，却不成癖，我笑对先生。

停，在我心里的温柔；亭，在我心里的温柔。园内、水中，有精致的亭子，让人想起柳梦梅和杜丽娘相恋的牡丹亭，以及沈三白和陈芸租用的沧浪亭。这样美好的时刻，我岂能不定格？于是，先生为我拍照。

面对蜡梅和白墙，我在影在，光在影在。光与影中，看世界的眼光与前大不相同。

旧时月色，曾几番照我，几番照她。去年，女友给我四个词：冷眼、热肠、琴心、剑胆。今年，她给我四个字：素、影、清、馨。人与人的相知相惜，借助字词，刹那间直抵心底。

站在水中亭子里，我，宛在水中央。濠河南北向穿城而过。南通，成为"水城"。

听南通的亲戚介绍，南通不仅是座"水城"，还是一座爱情之城。提到"爱情之城"，我只知道拥有沈园的绍兴。抵达那里，也是几年前的大年初一，满园蜡梅满城雪，诉说着陆游和唐琬的爱情悲剧。

赢得"爱情之城"的南通，源于两个爱情故事。冒辟疆与董小宛自不必说，那是风流公子与风尘女子的佳话，张謇与沈寿，则是实业家对事业女的知遇和提携。

南通的董小宛与沈寿，让人想起徐州的关盼盼和王陵母。徐州的女性却与南通的有所不同。

徐州云龙公园里，关盼盼和王陵母比邻而"居"。"张家妾"关盼盼为夫绝食，"名与山河存"；王陵母为子自刎，"母仪典范"。这两位以"心"与"仪"著称的女性——大爱的王陵母，小爱的关盼盼，改写了徐州金戈铁马的历史——血腥里有了脂粉气，雄性里有了母性的光辉。

梅是黄的，墙是白的，砖是青的，布是蓝的，"红学"是不是红的？

亲友聚餐时，提到海安古镇曲塘有个"红学公园"。饭后，几个人驱车前往。此公园，导航不到，也鲜有人知，问了几次路人，才在曲塘中心小学南边找到。玻雕、剪纸是公园的特色，其他颇为简朴，但也足够让人关注海安与红学的渊源。

海安和红学有何渊源？

徐州文友说，红学家蒋和森与何永康都与曲塘密切关联。蒋和森是地地道道的曲塘人，著有《红楼梦论稿》一书。何永康虽出生在海安镇，却在曲塘初中念过三年书，曾任江苏《红楼文苑》的主编。

上海"红迷"说，海安出过四位红学家，是江苏红学的大本营之一。不管是两位红学家，还是四位红学家，海安总是让人骄傲的。

我的先生出生在海安，我本人又是中国红楼梦学会的会员，也在《红楼文苑》上发表过文章，这些"元素"同时连线，让我与南通更加亲近。

离开南通，途经泰兴会友，然后驶过盐城、淮安、宿迁，回到徐州。一年又一年，习惯了这样的路线，习惯了这样的亲情。

在时间与空间里驰骋，在异乡与家乡间来回，话着家长里短，念着台湾诗人周梦蝶的诗句："行到水穷处，不见穷，不见水——却有一片幽香，冷冷在目，在耳，在衣。你是源泉，我是泉上的涟漪，我们在冷冷之初，冷冷之终相遇。像风与风眼之乍醒。惊喜相窥，看你在我，我在你；看你在上，在后在前在左右：回眸一笑便足成千古。"

不到园林，怎知春色如许

"我忘记了父亲所说的话，我忘记了母亲所说的话，整个城市充满了花，整个城市充满了雨。"这样美好的句子，读来令人忧伤。而有座城市，因为旧时月色，因为现代园林，因为昨日风物，因为今天人物，充满了春色。

徐州"大湖""大园"这样的好气象，"山多""水多"这样的好情怀，恰是徐州园林营造的清澈爱意与满腔柔情。

从山形看，"古徐州形胜"。历史上的徐州，是"山包城"。十多年前，变成了"城环山"，而今，"城"与"山"相依相恋。

说起"山""城"，自然想到萨都剌的《彭城杂咏》："城下黄河去不回，四山依旧翠屏开""黄河三面绕孤城，独倚危阑眼倍明"。

提到"山""河"，怎能绕过《彭城怀古》的"空有黄河如带，乱山回合云龙"——依然是萨都剌的作品。

当年从彭城打马而过的青年才俊，怎能料到他的不经意之作，成了今天徐州的市歌《一饮尽千钟》。

从水系看，今天的徐州属淮河流域。沂河、沭河、京杭大运河、故黄河穿境而过，骆马湖、微山湖分布南北。

京杭大运河，古泗水；故黄河，古汴水。看到"古泗水""古汴水"字样，想起京杭大运河、故黄河的过往，白居易的《长相思》才下眉头，当代历史歌剧《运之河》浮上心头。

"汴水流，泗水流，流到瓜洲古渡头，吴山点点愁。思悠悠，恨悠悠，恨到归时方始休，月明人倚楼。"白居易笔下的"思妇"，思念是慢慢悠悠的，怨恨也是慢慢悠悠的，像汴水，像泗水，幽怨却也悠远。

"这是一条河，千里长河，连两江三河可通四海，船行天下物畅诸国，将承载着大隋国运，将流淌着万民的福泽。修一条河哟，一条梦中的河，这是我此生最美的宏愿……"隋炀帝的唱词，唱的是一条大河的诞生以及两个朝代的兴替，霸气十足却也失却人心。

"修一条河哟，一条梦中的河。"隋炀帝大概没想到他用无数生灵和一片江山换来的一条大河，寄托的却是唐诗人的美好情愫和唐妇人的刻骨思念。

"吴韵汉风"，是江苏省的文化版图。"吴韵"指苏南，尤其指苏州；"汉风"指苏北，尤其指徐州。苏州与徐州，一南一北，都是江苏的门户。苏州的历史人文一直名动天下，徐州更以"楚韵汉风，南秀北雄"的新形象示人。

"不到园林，怎知春色如许？"昆曲《牡丹亭》"游园惊梦"一出，就这么开始了——"吴韵"姗姗而来。

"原来姹紫嫣红开遍，似这般都付与断井颓垣。"这样的唱腔和做派，让人简直忘记了它的作者"东方莎士比亚"汤显祖是江西临川人，直欲把"牡丹亭"当作苏州的。选择园林作为故事背景，《牡丹亭》不是唯一的，却是最适宜的。

自然，苏州不会令人失望。苏州也有"牡丹亭"——沧浪亭，苏州也有"柳梦梅"和"杜丽娘"——沈复和陈芸，苏州也有《牡丹亭》——《浮生六记》。

"吴韵"若此，"汉风"如何？"吴韵"与"汉风"，因为一个人，因为一群人，因为一城人，不再分隔南北，而是凝成了"楚韵汉风"。

因为一城人，因为一群人，因为一个人，"良辰美景奈何天，赏心乐事谁家院"，这样美丽的句子，这样赏心的园子，是苏州的，也是徐州的，与"大风起兮云飞扬，威加海内兮归故乡"一起，铸就了有情有义的徐州人。

"园林"一词，往昔似乎从来都和徐州无关。

提到园林，我们会想到苏州的拙政园、狮子林，扬州的何园、个园，以至杭州的西湖景区。提到湿地，我们会想起泰州的溱湖湿地、杭州的西溪湿地。那些精致的私家园林，深藏着那样无奈的退隐之心；而大气的皇家园林，则体现着"天人合一"的雄奇之心。

提起苏州，我们自然会联想到天堂——"上有天堂，下有苏杭"。苏州素以山水秀丽、园林典雅而闻名天下，有"江南园林甲天下，苏州园林甲江南"的美称。

其实，徐州也是有园林的。古代有，今天也有。

古有楼台，有花园，有行宫，有亭园。黄楼、燕子楼，挂剑台、青陵台，放鹤亭、快哉亭、李蟠状元府花园、崔家翰林府花园、余家花园、杨氏帖园、康熙行宫、乾隆行宫，是散落在徐州时空里的珠玑。

今天的徐州，拥有数不胜数的名人纪念馆、博物馆、艺术馆，比如徐州博物馆、徐州金石园、徐州诗词园、彭园名人馆、云龙书院、云龙湖诗廊、吕梁画家村、徐州音乐厅、徐州艺术馆，还有泉山森林公园、潘安湖湿地公园、水月禅寺、二坝湿地这样的当代"园林"奔涌而出。

不到园林，怎知春色如许？

一丘一壑也风流

《牡丹亭》里，柳梦梅和杜丽娘游园惊梦，"情不知所起，一往而深"。

每次听"游园惊梦"一出，只要柳梦梅"转过这芍药栏前，紧靠着湖山石边"唱起，你定会暗暗叫好，忍不住生起一个念头：谁说古人不懂爱？谁说古人的婚姻缺少感情！那也是活生生的人、活泼泼的人生啊！

柳梦梅和杜丽娘、林黛玉和贾宝玉、陆游和唐琬……他们的感情都和建筑结缘——牡丹亭、大观园、沈园。

也有与旷达相关的建筑，滕子京的岳阳楼、欧阳修的醉翁亭、苏舜钦的沧浪亭，都是古代文官留下的著名景观。

看来，爱情不仅仅需要鲜花和面包，更需要一个容纳"两个人"的园子。看来，失意不仅仅需要山河和胸襟，更需要一个成就"自我"的亭子。

即使有鲜花，有面包，可园子却不好找。苏州人沈复自有办法，没有园子，他和爱妻陈芸"先令老仆约守者勿放闲人"，曲径而入沧浪亭。这样的深情，这样的创意，谁不喜欢？

听说，周六晚上，沧浪亭里上演昆曲《浮生六记》，好不令人神往。昆曲、沧浪亭、沉浸式、《浮生六记》、世界文化遗产……这些元素组合起来，好不令人激赏。

沧浪亭，沈复住过，苏舜钦住过，韩世忠住过。似乎，住在这里的夫妻，都很恩爱；似乎，住过这里的夫妻，都很遗憾。因为，情深不寿；因为，恩爱夫妻不到头。在婚姻里，到底要情深还是要长寿？在命运面前，你根本没有选择的余地。

"是夜，月色颇佳……芸曰：'宇宙之大，同此一月，不知今日世间，亦有如我两人之情兴否？'余曰：'纳凉玩月，到处有之。若品论云霞，或求之幽闺绣闼，慧心默证者固亦不少。若夫妇同观，所品论者恐不在此云霞耳。'"

这里的"余"，就是沈复，"芸"就是他的妻子陈芸。

说到七夕，又想到了两位皇帝，他们的命运都和七夕密切相关。南唐后主李煜被赐死，就在七夕夜，著名的《虞美人》是他的绝命词——"春花秋月何时了，往事知多少。"唐玄宗李隆基和贵妃杨玉环于长生殿起誓"在天愿做比翼鸟，在地愿为连理枝"，也是在七夕夜，后遇马嵬兵变，白居易为此写下了《长恨歌》。

烟花易冷，彩云易散，命运并没有特别眷顾沈复和陈芸。沈复放飞浪漫，陈芸铺陈痴情，本可岁月静好，但陈芸热衷于为夫君纳妾，好不容易物色到一个名叫"憨园"的妙龄女郎，却"为有力者夺去"，成为她抑郁而终的一个诱因。

如梦如幻的二人世界，为何要欢迎第三者入侵？古代的爱情，如此"中式"，如此"经典"，我从来就没弄懂过。"不要试图理解它，去感受它。"电影《信条》里有这么一句台词，也许可以给我们启迪——在我们无法看透的曲折心理和幽暗文化里，一丘一壑也是风流的。

"吾国文学，自来以礼法顾忌之故，不敢多言男女间关系，而于正式男女关系如夫妇者，尤少涉及。盖闺房燕昵之情意，家庭米盐之琐屑，大抵不列载于篇章，惟以笼统之词，概括言之而已。此后来沈三白《浮生六记》之《闺房记乐》，所以为例外创作。"陈寅恪早已说过。

是的，池莉写过《不谈爱情》。既然"不谈"，还真有点令人为难——事实上，角角落落里藏着人心，曲曲折折中很见人性。

看透人心，同样让我为难。在我的认知里，拥有一切美德的，总是大自然。正如女诗人露易丝·格丽克所写的那样："别人在艺术中发现的，我在自然中发现。别人在人类之爱中发现的，我在自然中发现。非常简单。但那儿没有声音。"

我去沧浪亭，先去了可园。一进园子，木头的香气迎接着我，丹桂的香气抚慰了我。我坐下来，看那枝独立于残荷之上的红莲——就一枝。看那只远离同伴的无言鸳鸯——就一只。

沧浪亭在可园对过，一条绿水分开了它们。进门就是兰花，书法家写就的古琴谱成为兰花的最佳搭档。太别致了，太有味道了。"此时秋声最好"几个字，像风中的雨点一样竖向排列，是历代游客的心声，也是苏舜钦的心声。

苏舜钦《沧浪亭记》、欧阳修《醉翁亭记》、范仲淹《岳阳楼记》等名篇，都是作者被贬出京之后所作。

"予以罪废，无所归。扁舟吴中，始僦舍以处。……一日过郡学，东顾草树郁然，崇阜广水，不类乎城中。"被贬为民的苏舜钦于酷暑中遇到了"遗意尚存"的"弃地"，"予爱而徘徊，遂以钱四万得之，构亭北碕，号'沧浪'焉。前竹后水，水之阳又竹，无穷极。澄川翠干，光影会合于轩户之间，尤与风月为相宜。"从此，他"觞而浩歌，踞而仰啸"，"形骸既适则神不烦，观听无邪则道以明"。

光影会合流转，风月相依相宜，神不烦了，道也明了，苏舜钦有了新发现："返思向之汩汩荣辱之场，日与锱铢利害相磨戛，隔此真趣，不亦鄙哉！"可惜的是，觉悟了的苏舜钦只活到四十岁，就死在了被贬之地。

面水轩畔有复式走廊，闻妙香室外有数株老梅，明道堂前竹翠玲珑，清香馆旁桂树遒劲……那些古人迎客、读书的地方，如今是昆曲《浮生六记》的演出场景，观众需跟着演员移步换景、出戏入戏。

我去沧浪亭，不在周六，不在晚上，所以未能体验沧浪亭里的《浮生六记》。当然，白天也有白天的好。沧浪亭的园工正忙着装点园林，地上散放着不少精巧的小凳子。有个园工看出了我的好奇之心，就问我是否知道小凳子的用处。我答不知道。他说："是给兰花用的，上面放花盆。别看这些竹子做的凳子小，可费了不少工夫呢！你看，凳子上一根钉子都没有。"

在苏州，在沧浪亭，兰花都有如此待遇——配以琴谱配以兰蕙，伴以清风伴以明月。

不舍得离开沧浪亭，在可园和沧浪亭间的甬道上一步三回头。再次遇到那位搬运兰花的园工，含着笑，点个头，擦肩而过。

第四辑

人不负春春自负

张爱玲：起点和终点

一个女人，用了一个冬天，行走在路上，颠簸在异乡，去看那个不能指名道姓的男人。

异乡的路，难行尚不足惧，吃饭被宰、如厕艰难，才让人苦不堪言。而在闵先生老家耽搁了一个月，更让急于会面的人无法忍受。

张爱玲，名门出身，城市女子，当红作家。在那个兵荒马乱的年月，只好和"闵先生"这样的男子搭伴前往目的地。这些地方，"他"也经过了吧？张爱玲以此安慰自己的心，一边恨不得打道回府，回到出发地上海，一边却在艰难前行，向着目的地温州。

似乎早就预感到了路途的漫长和艰辛，张爱玲出门时打扮成逃难的模样，穿着加厚的棉袍，随身带着被子。当她看到摩登少妇娇怯怯地攀着车门跨上来，"宽博的花呢大衣下面露出纤瘦的脚踝"，让人觉得这不过是去野餐，而不是去逃难。后来的事实证明，这虽不是逃难，却比逃难更不堪。

写到元宵节时闵太太对闵先生说话，张爱玲没了下文，"非写不可"的文字没能继续下去。我们可以从张爱玲的其他小说里找到痕迹，张爱玲到了温州，胡兰成已另有新欢。

出于好奇，我买来了胡兰成的《今生今世》。《民国女子》一节就是为张爱玲而作。胡兰成说："我与爱玲却是桐花万里路，连朝语不息。"张爱玲也坦言，为他"变得很低很低，低到尘埃里……"。很快，曾经的"愿得一心人，白头不相离"化作了镜中花、水中月。

聪明如张爱玲、落寞如张爱玲，也未能幸免地落入了"痴心女子负心汉"的俗套。而当年他们是多么相契，多么赏惜。他见了她觉得惊艳，为她停妻；她见了他觉得亲近，仍然不改那些一本正经的神态举止。

分手时，张爱玲巴巴地为流亡政客、变心情郎寄上巨额分手费——这是我几年前的认识。如今，我的看法变了——她寄给他巨额稿费，是为了还钱，为了自尊，为了了断，为了诀别。

我读《异乡记》，压抑异常，"使人只感觉到惆怅而没有温情"，如同张爱玲的寻爱之路。

去见一个人，本受激情和温情的驱使，但路上却尽是尴尬和不适。不是张爱玲娇气，而是那道路实在艰难。她已经足够勇敢，我读着就已经心惊胆战，自问有没有为一个人而鼓起如此勇气的勇敢。

看她《异乡记》中所写的如厕，就如同看《小团圆》里她在美国家里的堕胎，让人揪心地尴尬，而那痛苦甚至早已不值一提。女人就是女人，痴心，艰辛。

"我没办法，看看那木板搭的座子，被尿淋得稀湿的，也没法往上面坐，只能站着。又刚巧碰到经期，冬天的衣服也特别累赘，我把棉袍与衬里的绒线马甲羊毛衫一层层地搂上去，竭力托着，同时手里还拿着别针，棉花，脚踩在摇摇晃晃的两块湿漉漉的砖头上，又怕跌，还得腾出两只手指来勾住亭子上的细篾架子。一汽车的人在那里等着，我又窘，又累，在那茅亭里挣扎了半天，面无人色地走了下来。"短短的文字，无尽的耻辱和尴尬。

宁愿清醒地痛苦，不愿糊涂地快乐。张爱玲的笔触愈是冷静，愈是令人泪下。奔着爱而去，为那一点温情而去，哪怕是飞蛾扑火，那也是"火"，是温暖。而张爱玲却撞上了冰冷，撞掉了尊严，就如同那个冬天，都是冰冷的温度、陌生的感觉。

从此，疼痛的感觉渐渐地淡了，冷的感觉越来越清晰。冷的不仅仅是那个冬天，而是每时每刻、每分每秒，冷到呼吸困难，如同人被缚，喘不过气来。

痛苦也是痛快，那是生命的层次。经历了痛苦的人，会珍惜、善待、宽容、吸纳。可惜，张爱玲的生命观照始终未达到一定高度，多了刻薄和怨忿，缺少温柔和睿智，无论是对自己还是对别人，无论是她自己还是她笔下的男女。只是，面对一个女人的成长史，你我又有什么权利评头论足、指手画脚呢？

去见一个人的路，到底有多远？孟姜女去看丈夫，哭倒了长城，未见丈夫的踪影，惨痛的故事家喻户晓、流传千古。张爱玲去看爱人，不掉一滴眼泪，却满心伤痛，再不相见，在自己心里纠缠了一生。

也许，看一个人的路就是那么漫长，漫长到没有终点，没有相会。也许，看一个人的路越漫长越好，路到了终点，爱也到了终点。

　　读《异乡记》——张爱玲的散文遗稿。只把她当作女人，把她还原为女人，不戴任何桂冠，不带任何偏见。

　　《异乡记》内容简短，戛然而止，如她所看到的《红楼梦》一样，未完。

　　读《小团圆》——张爱玲的半自传体小说，你能看到她的背影，也能看到胡兰成的侧影，他们化身为盛九莉和邵之雍，演绎薄凉的情感世界。

　　《小团圆》的小说完整了，但男女主人公终究没有团圆，如同所有人间悲情。同样，不言不语。

萧红：天真和放纵

她，对他们怀着赤诚，得到的却是背叛和抛弃。

她，一次又一次地到鲁迅家里去，甚至一厢情愿地幻想和他葬在一起。因为，她从长者鲁迅那里得到温暖和赏识，从来不关风月。也许，缺少安全感的她已经意识到了什么样的爱才是安全的。

在周末短暂而无边的寂寞里，又一次读到了萧红。为她，心里憋屈却无法表达，自从知道她的芳名后便一直如此。她，那么孩子气，到了让别人难堪、让自己不堪的地步。而这个世界，怎能允许一个成年人保留孩子气呢？

她把诸多矛盾、对立汇于一身，制造了那么多的令人不解和费解，引发了一众男子的好奇心和占有欲，也引来了无数女人的唾沫和口水。

她名声大噪，却横遭那个世故世界的白眼；她才情横溢，却无力和那个复杂的世界博弈；她出生在东北，却最终葬在广州东郊银河公墓；她天真透明，却不懂得为自己寻找光明。

她反抗包办婚姻，却又能和包办的那个对象同居。她爱着萧军，死前却被另一个男人照顾。她看不起端木蕻良，却和他成就了一段感情。她总是深刻相爱，又轻薄离去。她希望在情爱上如鱼得水，却从未在感情里游刃有余。

作为女人，她是幸运的，萧军、端木蕻良、骆宾基，以至鲁迅，众多名人都给过她提点和爱护。作为女人，她又是不幸的，怀孕、生女，是她的肉身无法回避的痛楚和诅咒。

她，怎么能把自己的感情搞得那么混乱？她，怎么能把自己的生活经营得那么惨淡？

"在精神上，把自己永远当作孩子，渴望异性的照拂，身体上却又走得那么远。她曾两次怀着别人的孩子，跟另一个人走到一起。"女人自是女人的知己，你看，今天的女作家试图这样解读她。

"萧红在精神上，永远是一个不通世故的孩子，半生遭遇冷眼。她应付不来这个复杂的人世。她活得太苦、太低了，然而，在文字上却又飞得那么高——与她在感情上有所纠葛的男人，一个个，都不如她。"美好的深处总是藏着忧伤——你看，今天的男读者试图这样看待她。

萧红，一个集赞美与诅咒于一身的现代女作家，一个激烈反抗包办婚姻却又始终无法脱离男人的现代女性。

对女人最宽容的男人，或许张信哲算一个。听听他的《过火》就知道："让你疯让你去放纵，以为你有天会感动……怎么忍心怪你犯了错，是我给你自由过了火。"唉，怨来怨去都是怨"他"自己啊！

"放纵"，是个美妙的字眼，充满了致命的诱惑和幻灭。张信哲《过火》里有个放纵而漂亮的女人，年轻的女作家笛安笔下的东霓也是个漂亮而放纵的女人。

无论是女作家，还是男歌星，都不忍责怪女人放纵犯下的错，而是毫无条件地接受她、信任她、安慰她。这样放纵而可爱的女人在生活中却不多见。也许，萧红算一个？不然，我们为什么会替她憋屈、为她难堪？

说到中国女作家萧红，自然也让我想起了英国作家毛姆笔下的罗西。在《寻欢作乐》这部小说里，罗西恣意而放纵，但漂亮可爱，她身边的男人都爱她那阳光般的灿烂、月亮似的温柔。

作者借书中人物阿申登先生之口替罗西辩解，认为罗西为人淳朴又善良，天性健康而坦率，"她愿意让别人感到快乐。她愿意去爱……她生来是一个有爱心的人。……她把自己的身体交给别人，好似太阳发出热量、鲜花发出芳香一样的自然"。

同为放纵，如果说罗西的身体和内心是平等的、均衡的，那么萧红的内心和身体就处在一种失衡的状态——她的思想超越了肉体。

"这世间哪有错过的人或者做错的事。凡是发生着的就是对的。它们精准无比。"庆山说。

萧红是个什么样的女人？也许是个感觉精准无比的女人，也许是个从来不知道什么是对的女人。

打开电视，看电影《萧红》；踏入影院，看电影《黄金时代》；走进书店，买本《呼兰河传》。当我看到小宋佳和汤唯扮演的萧红时，当我读到萧红单纯而热烈的文字时，我觉得自己是错的——萧红根本不用分辨对错——她怎么样都是对的。

舞台上，白色水袖一甩，她牵着这头，他扯着那头。她，他，你说谁是对的？

生活中，双色丝巾一披，一面防着晒，一面保着暖。正面，反面，你说谁是错的？

蒋晓云：遁去和归来

蒋晓云，旅美小说家，停笔三十年后重返文坛。曼素恩，美国历史学家，研究十八世纪及其前后的中国妇女。蒋晓云、曼素恩，来到了我的面前，之前闻所未闻，却也一"读"如故。

说女性，写女性。读蒋晓云，从《桃花井》延至《百年好合》，顺时间之流；读曼素恩，从《张门才女》上溯《缀珍录》，逆时光之流。

《百年好合》里，她们或有妻与妾、原配与外室的矛盾，或有生与养、嫡出与庶出的冲突。但蒋晓云笔下展示的却更多是众生平等，因为都是为了生，为了活，为了爱，为了情。

有好书陪伴的夜晚，也是我的福气。

《百年好合》写得好，包容了对各色人等的理解以至谅解，从而尽显悲悯情怀。读到尾声时，我又一次放慢了阅读速度。因为，不舍得就此告别。

《百年好合》的序，王安忆以《归去来》为题："蒋晓云这十二篇小说，分开来各自成立，集起来又相互关联……犹如套曲，一曲套一曲，曲牌如海。"

是啊，《百年好合》是发散的，从这个人到那个人；同时又是互补的，在这一篇里是配角，到另一篇里就化身为主角。

《百年好合》这部可分可合的小说，始于百岁老人金兰熹。蒋晓云开篇先"请"出了金兰熹。一百岁是她的真实年龄，瞒丈夫五岁（哈哈，看上去既老套又别致的细节）。百岁人瑞却穿着浅粉红色的香奈儿套装，被金黄色的百合簇拥着。人人羡慕她命好，却不知道她的诀窍就是"心淡"，更不知"心狠"更在"心淡"前。

《百年好合》始于明媒正娶的金兰熹，终于无名无分的郭宝珠。郭宝珠因被男主人"收过"——肌肤相亲且育有一女——而为男主人所信任，稳坐他家族公司的会计之位，不过，后来她也有了疼惜自己的丈夫。

掐头去尾，其实更能打动我的是《百年好合》"中间"那两个女人，一个是被抛弃的外室商淑英，一个是被冷落的原配辛贞燕。商淑英几经磨难，定居美国，靠着自己的努力最终和独生女爱芬团聚。辛贞燕忍辱负重，终老台湾，靠着"二房"还算慷慨的接济，终于养大了身世蹊跷的独生子亦嗣。

如果说商淑英是从上海打拼出去的北方佳人，那么辛贞燕就是南方崴着"解放脚"坚韧生存的旧式妇女。《百年好合》里的女人应该都算得上中国的"新女性"，辛贞燕却以另类的"封建"令人刮目，她最终也"熬"成了金兰熹那样的百岁人瑞。

《百年好合》里的"新女性"们，有的是望族才女，有的是名门闺秀，有的却来自歌厅舞池。但是当今天的我们回望，却发现她们的脚步和眼界明显来自清代才女和淑女的传承。

清代常州"张门四才女"的支持者是弟弟张曜孙，他不断为她们刊刻诗集。同样身为常州人的完颜恽珠是《国朝闺秀正始集》的编纂者，她的支持者是儿子麟庆。从弟弟为姐姐刊刻诗集到儿子协助母亲出版诗集，从张门的家庭诗集扩大到历代女性所著的文学作品。

那么，男性是否喜欢女性写作？法国女作家杜拉斯说得比较直接："男人喜欢女人写作，他们只是不说出来。一个作家，就是一片不可理解的奇异的土地。"

无论古今，无论中外，家庭里男性亲人的支持，自是她们的福气。但是生活从来不会如此简单明快，中国才女似乎都经历了早期对文学的真挚热爱到自觉放弃，然后转身成为晨昏定省的儿媳、勤俭持家的妻子、养儿育女的母亲，最后才在老年迎来创造力的勃发——实乃"厚积薄发"。看来，热爱文学的女人从来不必担心年老色衰，因为时光会给予她们馈赠，让她们拥有哲学意味的圆满和深刻。

维持家庭、教育子女，从来都是女人的"要务"，清代才女如此，今天旅美的作家蒋晓云亦不例外。从这个角度来看，生活历来又都是那么程式化。

说到母亲的教育，曼素恩引用了另一个外国专家的说法，认为《红楼梦》就是一份文字记录，逐年记载着慈母如何逐渐取代了严父的位置，她的慈爱一步步演变为儿子的惊人放纵，最终断送了他"。这里所说的"慈母"是王夫人，"儿子"是贾宝玉。所以我总是说，贾政别说是"假正经"，他就是"真正经"也无济于事了。

和虚构的王夫人同时代的恽珠，忽略抑或过滤了无知却逞能的这一类母亲的破坏性，关注的是"有为"母亲教导子女所起的积极作用。当然，历朝历代的"列女"——好女人的集合，不仅给了恽珠，也给了我们源源不断的"女性教育典范"。远的，班婕妤和班昭姑侄且不说，恽珠本人就可以现身说法。她育有三子，都有官职在身，大儿子麟庆更是孝子。他为母亲编纂诗集效劳，也让自己的两个女儿出任"编辑"，更满足慈母游山玩水的愿望——坐在轿子里的母亲，听着骑马在前的儿子扭头讲解风景和风物，这样的场景该是多么温馨可人，这样的人生该是多么安逸幸福！

周末的夜晚，阅读，书写，平坦若纸，纤细如笔。累了，去阳台看"漾"出栏杆的花花草草，想这些来自友人和自然的花是怎样地蔓与不蔓，那些反客为主、喧宾夺主的草是如何地合与不合。

这样的周末，与世隔绝，似在山中。

《红楼梦中的神话》：仙界人间架桥梁

　　女娲补天、木石前盟、太虚幻境，意淫、兼美、还泪、一僧一道、金陵十二钗、风月宝鉴，石与玉、冷与热、真与假、有与无、命定与因果、世悟与情悟、悲剧的根源与生成……

　　在《红楼梦》中，曹雪芹构建了一个神话群落，在凡尘俗世的叙事基础上添加了一层神话叙事，由此形成了一种形而上的哲思，却不仅仅满足于引出故事、完结故事，也不停步于形成一个圆满、一个闭环。正如鲁迅先生所说，"自有《红楼梦》出来以后，传统的思想和写法都打破了"。

　　"假作真时真亦假，无为有处有还无。"

　　这是《红楼梦》中比较拗口也比较玄奥的两句话。卜喜逢所研究的《红楼梦》神话，正好契合这两句话。

　　我和卜喜逢认识，缘于《红楼梦》，缘于对《红楼梦》的喜爱。

　　说是认识，其实只是微信上交流，就阅读，就写作；要说不认识，却又比身边熟人更为明了，更加懂得。我知道他供职于北京，老家在山东日照，有名叫"端爷"的儿子和美丽贤淑的妻子。他知道我的散文集获得"冰心散文奖"，知道我对《红楼梦》的喜爱发自真心，没有太重的世俗欲望。他自称是"一个喜欢《红楼梦》的编辑"，我认为"《红楼梦》是我写作的兴奋点"。

　　他是编辑，我是作者。他初为《红楼梦学刊》编辑，后专司《红楼梦学刊》微信订阅号，故而与《红楼梦》爱好者的交流增多。拙作《爱比受多了一颗心》《黛玉，你是个假清高的大俗人》《哪儿来那么多风月》《红楼梦与多米诺骨牌效应》《贾母的四季》等，亦通过这一订阅号引起广大"红友"的共鸣与争鸣。

　　他发现，当今红学成果虽多，但深刻影响爱好者的竟然是"秦学"等。最近几年更有作者之争，"非曹"之说盛行，红学索隐也多有变种，考据、索隐结合的趋势让普通爱好者难以分辨。

近年来，很多大家学者呼吁"回归文本"，他本人也希望看到《红楼梦》研究能走"人间正道"。正因有此出发点，也才有了他的《红楼梦中的神话》一书。他不喜欢枯燥的学术，更愿意进行人性的解读。正因为有这颗悲悯心，也才有了他独特的体系和构架。

他被《红楼梦》情节之复杂、人物之丰满、思想之深邃刺激着，常常感叹《红楼梦》真非人力所能为！如果将社会视为一部大书，那么《红楼梦》就是曹雪芹对这部大书的解读。《红楼梦》如同一个小社会，社会中有的，《红楼梦》中都有。

他的认知和我的看法一致，对他的书我也就多了份阅读动力——好奇心。

高邈、丰富、神秘、无限，这是《红楼梦》的魅力，而这种魅力也带来了它的多歧。"一千个读者就有一千个哈姆雷特"，一千个读者也会有一千种《红楼梦》，卜喜逢是如何看待《红楼梦》那多歧的特性的？

"从读者的接受程度来说，阅读的过程也是再创作的过程，在这个再创作的过程中，会融入读者本身的理解与发挥。再加上书中判词、梦境之类或多或少地'引诱'，众多的读者就去追寻《红楼梦》背面的故事了。寻奇涉幽是趣事，偶然的比附所得更是乐事，于是许多读者就在索隐的道路上一去不复返了。《红楼梦》的背面当然可以来探索，然而这个背面，却是曹雪芹深沉的思考、苦涩的灵魂。"自序里，他如是说。

读完正面，看完背面，那么，《红楼梦》的主角是谁？"情悟"又指向何方？

卜喜逢认为，《红楼梦》虽为闺阁女子立传，但有一个绝对的主角，那就是贾宝玉。故事一开头，我们可以看到一干风流冤家都是陪同神瑛侍者与绛珠仙子下凡造历幻缘的，自然不是主角，因此主角也就排除了宝钗、凤姐等一干人。在《红楼梦》中，宝黛的爱情故事对应的是"还泪"，宝玉、黛玉是主角，然而《红楼梦》中并非只有爱情故事，贯穿《红楼梦》始终的只有贾宝玉。

对于贾宝玉的"悟"，卜喜逢分为"世悟"与"情悟"。他受到中国文学传统母题中"思凡"模式的启迪——下凡的仙人总是要回归仙界的，而回归仙界的过程就是"悟"。

在贾宝玉"世悟"的过程中，以贾宝玉对世态的思考为主，用贾宝玉的一生经历来体现。贾宝玉的"情悟"，则具有清晰的阶段性，从"欲"的《风月宝鉴》到"情"的青春绽放，从最初的"爱博而心劳"终至明白"情"的专属——"各人有各人的眼泪"，这点由很多小故事来促进。

《红楼梦》的创作，是将有情之人放在社会规律中，去推演他的人生。在这个渐进的过程中，人生幻灭了，《红楼梦》中的"情"却更为纯粹了，于是就有了贾宝玉的"情不情"，并由此而衍生出"意淫"。

"意淫"这个概念是曹雪芹的创新，也可以理解为《红楼梦》中最为核心的概念，最能表达曹雪芹的思想。"意淫"一词与"兼美"有着密切关联，体现了曹雪芹对于人性的思考。"情与淫"的"兼美"是意淫，"意淫"也就变成了付出，体现的是对美的体贴、对美的珍惜。

具有"意淫"本性的贾宝玉是聪敏的，也是善悟的，而"意淫"着的贾宝玉没有面具，是一个真实的人，但是当他被放置于社会之中，却是"于家于国无望"的。这就牵扯到了曹雪芹的价值观。

在《红楼梦》中，最能体现曹雪芹价值观的，是"石"与"玉"的辨析、"冷"与"热"的思考以及"真""假"与"有""无"的判断。曹雪芹倾向于自然，深入反思的是儒家学说，自然延续了阮籍、嵇康等人的思想。

曹雪芹对于"冷"与"热"的思考，既有人性的冷热，又有欲望的冷热。曹雪芹渴望一个温暖而不世俗的社会，他期待着"凡心"消退后的纯粹，执着于人的本真和精神层面的"有"。

无意为悲剧，悲剧却命定。在曹雪芹的认知中，现实冷酷，真善美被摧毁，人被社会异化，怎样挣扎都难以摆脱悲剧的结局，这无疑又是一个大悲剧。这样的悲剧书写与曹雪芹所处的时代息息相关，是曹雪芹对于所处时代的反馈。

怎样阅读《红楼梦》？这可不是个简单问题。很多读者自己先设置好了道德高地，然后再以圣人的视角去臧否人物，缺少起码的人文关怀和理解常识。《红楼梦》应该是探索性文字，不是确定性文字。而《红楼梦》的写实性与思想性，使得《红楼梦》成为沟通古今、沟通社会的最佳桥梁。

感谢卜喜逢的思考与书写，为我们厘清了仙界与人间、金玉与木石、出世与入世、界限与融入、对立与和解、挣扎与超越。虽然，他说他的写作正如农民种地、工人做工一样，是本分。

"无为有处有还无。"《红楼梦》中的神话，何尝不是我们走向《红楼梦》深处的一座桥梁？

"假作真时真亦假。"《红楼梦中的神话》一书，又何尝不是卜喜逢的研究成果映照出的一道彩虹？

《花间词外》：草木集于"花间"

我和刘琼有一个同好，就是《红楼梦》。当然，我们的精神不仅交集于中国古典文学的这一高峰，同时也交集于中国艺术研究院这个中国艺术研究的"国家队"。当年她在这里攻读博士学位，受教于那些大名至今仍如雷贯耳的大师们。而我，因为在中国艺术研究院主办的《红楼梦学刊》发表过作品，结识了供职于红楼梦研究所的编辑老师，2021 年夏天，在浙江舟山参加"红学再出发"研讨会时，又认识了中国艺术研究院的几位师友，所以，当我看到刘琼的新著《花间词外》时，亲切感油然而生。

刘琼在《落梅横笛已三更》中自述当年申博时的情境："入学考试要考艺术概论，出题老师是刘梦溪先生。刘先生当时以中国艺术研究院文化研究所所长的身份，兼任研究生院艺术学系主任。他本人研究古典文学和中国文化，出题信手拈来便是'试论意境、意象和境界'。这是道大题，我有点蒙，答得很不好，但最终也还是绕到王国维先生的《人间词话》和意境论。'意'和'境'，后来成为我们艺术学专业出镜率最高的一类词。"刘梦溪先生的书，我也曾读过，他的《红楼梦的儿女真情》《红楼梦与百年中国》是我茶余饭后的最爱，现在在刘琼的文章里读到老先生，又多了一层亲近。

刘琼认为《红楼梦》"千好万好"，第一好是语言，第二好是再现能力和表现能力。《红楼梦》虽然虚化了具体的历史年代，但在各种评价体系里，都被描绘成表现中国封建社会政治、经济、社会和文化的"文学教科书"。据清朝嘉庆年间统计，《红楼梦》总共出场了四百四十八人，这些人不仅有名有姓，而且有始有终、有貌有神。

她在中国艺术研究院攻读博士的时候，周汝昌、冯其庸、李希凡这些红学大家都还健在。美有客观性，但美感是主观的，最典型的例子就是林黛玉，黛玉虽美，但焦大不会喜欢，现代男性也不大会喜欢。刘琼说她曾就此话题采访过冯其庸先生，冯先生先是一愣，然后大笑起来。

《红楼梦》外，吸引刘琼和读者的，是清代纳兰词的深情和优美。情深之处，折射出主体的精神气质——有无深情，这是一个人的人格指标。仅有深情还不够，还要优美地表达出来，纳兰性德写景描物真切传神，境深格高，使汉语的丰富和微妙得到了升华。跟唐代诗人李贺一样，纳兰性德也是英年早逝，三十岁因病去世，留下三百四十多首词。刘琼说她手头有本红色织锦封面的《纳兰性德词》，寒夜里或者春光下，哪怕是在嘈杂的地铁里，随时都能读进去。这，难道不是沉静的力量？

古代中国的诗教传统，经过千年传承，诗词文化早已渗入中国人的日常生活，积淀为中国人的集体意识，衍生出中国式的审美逻辑。

说到中国式审美，自然也绕不过"天人合一"。这个"天"，既有日月山川之巨，亦有植物花卉之微。"天人合一"是中国哲学的核心理念，中国式审美的独特追求。我们读古人的书，感念其风骨，感受其力量，那一份人类童年和少年时代的赤诚和纯真，深深打动了刘琼，于是她把古人的生命精神与集体意识收纳于一本书中，氤氲到"花间词外"。功德无量！

也许是受到中国传统文化的滋养，也许是接受了中国诗魂词魄的馈赠，在《花间词外》这本书中，刘琼写了兰花、落梅和荠菜，写了海棠、樱桃和榴花，写了芙蓉、槐花和桂花，写了菊花、丁香和水仙。植物们大体按照时令一一摹写，一年十二个月份，一个月份一种花卉，一种花卉一篇文章，总成《花间词外》。一本书是十二种花卉的集合，也是一个作家此时此刻阅历与阅读的总和。

一本书，就是一个人；一本书，就是一个世界。

"审美主体在不同的情境下欣赏植物或花卉，代入不同时期的主观感受，植物或花卉便具有不同的形象。久而久之，不同的植物和花卉在诗词家的文字里便分出了三六九等。"草木，集于"花间"，草木之上，则是无垠的时间和空间、阔达的人格和格局，刘琼灵动地在诗词间穿花度柳，在书籍中跋山涉水。

《花间词外》并不是五代十国时期赵崇祚编辑的《花间集》的作品赏析，

也不是花间派词人的生平追述,而是对中国艺术精神的探寻和挖掘。风花雪月、梅兰竹菊,既是人类生存的自然环境,又是丰富而重要的审美对象。将风花雪月入诗,引梅兰竹菊入词,把物象的它们对象化、人格化甚至符号化,是诗词家的本事,也是刘琼的本事。过荼蘼架,入木香棚,越牡丹亭,度芍药圃,入蔷薇院,出芭蕉坞……不知不觉间,刘琼就将我们引到了诗词歌赋的"大观园"。

植物开花通常都在"窈窕之年",傲霜斗雪的梅花更是寄托了中国人的人格意识。《花间词外》也成书于刘琼的"窈窕之年",那么,刘琼堪比什么花?是梅兰竹菊还是樱桃芭蕉?是"岁寒三友"还是夏日玫瑰?似乎都可以,也似乎都不可以。不好回答,也不需回答。书到尾声,《不作天仙作水仙》给了你最好的答案。

黛玉是水仙一样的女子,自带书香花香药香,难怪宝玉从黛玉袖中能闻到一股"醉魂酥骨"的奇香。刘琼也是水仙一样的女子,有花香书香却又不止于花香书香,有生活生存却又高于生活生存。她为这个世界释放出寂寂异香,缥缈如烟,素净似水。

《花间词外》,草木自是"草蛇灰线",作家和作品则能"伏脉千里"。曹雪芹的《红楼梦》肯定不用说了,张戒的《岁寒堂诗话》、叶嘉莹的《唐宋词十七讲》、范成大的《范村梅谱》、刘勰的《文心雕龙》等都有了刘琼的个人注解。李白、李贺、李清照、辛弃疾、姜夔、陆游、苏东坡、王安石,这些名家和他们的名作次第现身,让《花间词外》更具张力和厚度、想象和沉淀。

人生一世,草木一秋,我们该如何理解生命和生活?该怎样领悟繁花和繁华?在历史和现实中纵横捭阖过,从外界捆绑和自我束缚中挣脱而出,冲淡平和就会稳稳附着。这,是刘琼的出发点和目的地,也是《花间词外》的价值和意义。

《红楼梦》：落花流水本不识

1954年5月的一天，马德里的一家咖啡馆，海明威对前来采访的记者说："你可以读读《赛马新闻报》，在那儿你能感受到真正的小说艺术。"海明威强调小说家需具备一颗世俗的心，对俗世生活要持有敏感和热情。

当代小说家麦家认为，从一定意义上说，小说家都是生活的专家，小说的土壤是生活，是生活中那些世俗的人、琐细的事、微妙的情，是那些循环往复的、说不清道不明的冷暖人生。麦家的小说《人生海海》，恰好印证了他的说法。

《红楼梦》更是生活的百科全书，曹雪芹更是生活家。"器物、风景、习俗、人情世故、气候变迁、道路的样子、食物的味道、人的感知、事的沉浮，乃至说话的口气、衣冠的穿戴等"，都在《红楼梦》里。

不说茶具和饮食，不说人情和世故，也不说命运的沉浮、房间的布置，这里，我们只说说《红楼梦》的穿戴，主要是黛玉、宝玉和北静王的穿戴。

因为江宁织造，曹雪芹和康熙皇帝联到了一起，一个庇护曹家经营江宁织造长达五六十年，一个用十年之久"经营"《红楼梦》的"悲金悼玉"。因为江苏省红学会的年会，我和南京云锦有了缘分，一个"十年一觉红楼梦"，一个始于东晋末年。

《红楼梦》外，作者烂熟于胸的"江宁织造"，美人服饰岂能不"彩绣辉煌"？《红楼梦》里，宝玉沉迷于情的"大观园"，美男服饰岂能不别出心裁？

缎、锦、纱、绸、绢、绫、罗、纨、绉、妆花……《红楼梦》里写到那么多的丝绸品种，云锦是最为名贵的。

黛玉初进荣国府，惊诧于凤姐"恍若神妃仙子"，凤姐"身上穿着缕金百蝶穿花大红洋缎窄裉袄"，这件窄裉袄的花纹全部用金线织成，人称"织金"。赏雪时，身穿男装的湘云里面却是"短短的一件水红装缎狐肷褶子"，她穿的装缎，也称妆缎、妆花缎，是云锦中最华丽的品种。

宝黛第一次见面，两人并未打招呼，宝玉"穿一件二色金百蝶穿花大红箭袖",这件外衣花纹全部用金线、银线织出。"外貌最是极好"——连作者都忍不住夸奖自己的男主人公了,黛玉一见钟情真不为过。

宝玉得见北静王,是在秦可卿的葬礼上,那天,北静王"穿着江牙海水五爪龙白蟒袍"。北静王更是"秀丽人物",怪不得宝玉要把北静王送给他的礼物转赠给黛玉。

黛玉是作者的心爱,也是宝玉的挚爱,"孤标傲世"的她到底如何打扮自己?你一言我一语,便引发了两桩"公案"。

甲戌本《红楼梦》有这样的眉批:"不写衣裙妆饰,正是宝玉眼中不屑之物,故不曾看见。"张爱玲却不这样看,她认为宝玉和作者对衣物都非常在意。黛玉出场,不写她的服饰,是因为"世外仙姝寂寞林"应当有一种缥缈的感觉,不一定属于什么时代。

即便过生日,黛玉也只是"略换了几件新鲜衣服,打扮得宛如嫦娥下界"。而到了"琉璃世界白雪红梅"一回,黛玉却换上掐金挖云红香羊皮小靴,罩了一件大红羽纱面白狐狸里的鹤氅,和宝玉一齐踏雪行来。对于黛玉的服饰,作者为何突然浓墨重彩起来?

《红楼梦魇》中,深谙人性凉薄的张爱玲一语中的:"通部书不提黛玉衣饰,只有那次赏雪,为了衬托邢岫烟的寒酸,逐个交代每人的外衣。"这一次,参与者"一色大红猩猩毡与羽毛缎斗篷",岫烟却"仍是家常旧衣"。

清末文人孙宝瑄颇爱《红楼梦》。他在《忘山庐日记》中说:"书无新旧,无雅俗,就看你的眼光了。"买着读着,读着买着,眼光怎样不好说,不过觉得一些旧书挺好,有时代感,让人亲近。

有一段时间,我突然对作家端木蕻良有了兴趣。当然,也是缘于他喜欢《红楼梦》,并且写下了历史小说《曹雪芹》。对于他的著作,我买不到新书,就从旧书网买来。

提到自己对《红楼梦》的"爱情",端木蕻良坦率真诚,处处写着"生活",句句藏着"生活":《红楼梦》的作者,在我很小的时候,就和他接触了。我常常偷看我父亲皮箱里藏的《红楼梦》。我知道他和我同姓,我感到特别的亲切。等到我看了汪原放评点的本子,我就更喜爱他了。我作了许多小诗,都说到他。这种感情与年日增,渐渐地,我觉到非看《红楼梦》不行了。也许我对《红楼梦》的掌故并没有别人那么深，但我的深不在这里，而在'一往情深'之深。可有人曾听见过和书发生过爱情的吗？我就是这样的。"

"一恨海棠无香，二恨鲥鱼多刺，三恨《红楼梦》未完。"张爱玲在《红楼梦魇》中提到平生"三大恨事"。似乎是宿命，端木蕻良撰写的《曹雪芹》也只出版了第一卷和第二卷——《曹雪芹》同样未完——成为读者永远的遗憾。

春日微雨，看到院子里的白海棠和红海棠，想起那年在海棠花下拍照的情形。时光催人老，一晃好多年，看透了很多人，看空了很多事。青春渐远，年岁渐长，依然喜欢寻花、热衷问柳，也终于懂得，那就是生命的恩赐和大自然的美德。

还好，我们拥有的春天是这样烂漫、这样鲜妍。你可以拈花一笑，甚至像林黛玉那样去葬花，再来一曲《葬花吟》，说说"花谢花飞花满天，红消香断有谁怜"，唱唱"明媚鲜妍能几时，一朝漂泊难寻觅"；你可以香径徘徊，甚至组建一个海棠诗社，再来几首海棠诗，像宝钗那样"珍重芳姿昼掩门"，如黛玉那样"半卷湘帘半掩门"。

史湘云自称"是真名士自风流"，这句话在现实生活中倒是越来越有味道了。不着痕迹不沾衣，落花流水本不识，生活中的《红楼梦》和《红楼梦》中的生活，谁又能分得清？又何须分清？

冒雨赏了花——无香的海棠，日暮游了园——恍若大观园。回到家里，我心里一动，把阳台书柜里的藏书翻弄出来。如果不翻书，不会发现大学老师送给我的《元曲选》《戏曲笔谈》《曲论初探》——从签名上看，这些书是老师从河南郑州买来的。如果不翻书，我都忘了那时我是那么热爱戏曲弹词，什么"荆刘拜杀""珍珠塔"，什么《西厢记》《长生殿》《牡丹亭》《桃花扇》，一出一出的，一套一套的。如果不翻书，不会想起那时读过的中外小说，《二十年目睹之怪现状》与《镜花缘》外，张恨水的《丹凤街》和《啼笑因缘》、林语堂的《红牡丹》和《京华烟云》都引发了青春记忆。

读过的书，你可能会忘，但那些书，永远不会忘了你——它们，观照你的生命，成全你的骨气，塑造你的灵魂。

感谢那些旧书，以及被它们或填充或滋养的青春岁月。感谢那些海棠，还有被世俗或淹没或放过的生活。

《人间清醒》：才气在苦难中泡发

最美人间四月天。我的阅读，从梁晓声的长篇小说《人世间》过渡到他的精选散文集《人间清醒》。把一个作家的小说和散文结合起来读，也许更能触碰到他的精神内核，加深对作家的了解、对作品的理解。

《人世间》于2017年12月首次出版，2019年以高票获得第十届茅盾文学奖。那一年，梁晓声正好七十岁。小说以工人子弟周秉昆（周家次子）的生活轨迹和婚恋故事为线索，聚焦式地描摹了跌宕起伏的人物命运，史诗般地呈现了波澜壮阔的社会变迁。而同名电视连续剧的热播，又实现了文学和影视的相互成全和携手开拓，真正实现了雅俗共赏、老少咸宜。中国作家协会主席铁凝说：“《人世间》的热播，再一次有力地证明了文学与影视的亲密关系，从文学到影视，这不仅是在描述一个过程，更标志着一个生机勃勃的创造与接受的广阔空间。”

梁晓声1949年9月22日出生在哈尔滨市安平街一个人家众多的大院里。他生于穷困，长于穷困，父母都是文盲，父亲十几岁时随村人“闯关东”来到哈尔滨市，后来成为“大三线”工人，几年才能回家探亲一次。提起父亲，梁晓声说，“父亲对我走上文学之路从未施加过任何有益的影响”“看‘闲书’是父亲无法忍受的‘坏毛病’”“父亲的教育方式是严厉的训斥和惩罚”“父亲是将‘过日子’的每一样大大小小的东西都看得很贵重的”。所以，梁晓声说“父亲是崇尚力气的文盲”，而母亲和父亲不同，是“崇尚文化的文盲”，因此成为梁晓声不识字的“文学导师”。

在家里，母亲给孩子讲故事听，孩子得到文学启蒙。梁晓声回忆道，“母亲是个很善良的女人，善良的女人大多喜欢悲剧”，“我于今在创作中追求悲剧情节、悲剧色彩，不能自已地在字里行间流溢浓重的主观感情色彩，可能正是由于小时候听母亲带着她浓重的主观感情色彩讲了许多悲剧故事的结果"。在学校，梁晓声受尽白眼和冷落，所幸遇到了一位孤独寂寞却教育有方的语文老师，语文老师让他当着全班同学的面讲解课本，锻炼了他讲故事的能力。

从"听故事"到"讲故事"，梁晓声的欣赏水平还停留在语文课本和民间故事的层次上。此后，长他几岁的哥哥自觉不自觉地成为他的文学引路人——"哥哥也酷爱文学。我对文学的兴趣，一方面是母亲以讲故事的方式不自觉地培养的结果，另一方面是受哥哥的熏染。我读小学时，哥哥读初中。我读初中时，哥哥读高中。……哥哥的《文学》课本，便成了我常常阅读的'文学'书籍。哥哥无形中取代了母亲家庭'故事员'的角色。每天晚上，他做完功课，便捧起《文学》课本，为我们朗读。我们理解不了的，他就耐心启发我们。"

因为渴望读书深造而不愿辍学上班，梁晓声这个品学兼优的兄长、梁家这个被寄予厚望的长子，成为父亲眼中的"不孝之子"。同一个人物，却是母亲眼中的"理想之子"，也是学校重点培养的好苗子——他的同学和老师都认为，"他似乎是天生可以考上北大或清华的学生"。不幸的是，上大学时他疯了，风华正茂的他住进了精神病院，一住就是几十年，成为全家永远的痛和牵挂。

母亲临终前，希望长子和她一块儿去死却又无法带走长子，把长子托付给梁晓声却又担心拖累梁晓声。

办完母亲丧事的第二天，梁晓声住进一家宾馆，命四弟将哥哥从精神病院接回来。哥哥一见梁晓声，就高兴得像小孩似的笑了，说："二弟，我好想你。"梁晓声拥抱住他，泪如泉涌，心里连说："哥哥，哥哥，实是对不起！对不起……"

此后，梁晓声动用平时不敢用的存款在北京郊区买了房子，先把哥哥接到北京，接着动员老家邻居"二小"照顾哥哥，后来"二小"回哈尔滨探亲时不幸身亡。出于无奈，梁晓声只好再次把哥哥送进精神病院，约定等他退休后再把哥哥接出院，"咱俩一块儿生活"。

多年以后，当那个儒雅清秀的青年变成了丑陋迟钝的老人，当成为著名作家的梁晓声终于鼓足勇气问哥哥"当年为什么非上大学不可"时，哥哥的回答令人震撼也令人汗颜，令人心疼更令人痛心："那是一个童话。妈妈认为只有那样，才能更好地改变咱们家的穷日子。妈妈编那个童话，我努力实现

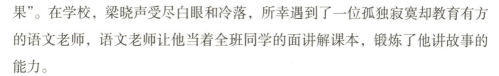

那个童话。当年我曾下过一种决心，不看着你们几个弟弟妹妹都成家立业了，我自己是绝不会结婚的……"

哥哥承受着什么样的压力，或者说，是什么压垮了哥哥？是时代还是家庭，是环境还是个人？因为穷困还是因为责任，由于敏感还是由于粗暴？答案我无法给出，还请读者朋友们自己到《人间清醒》的字里行间去寻找吧。

文字是苦涩的，文学是美好的。梁晓声是文学创作道路上的"苦行僧"。读过他的小说，读过他的散文，我也才多少明白了他"一半烟火，一半清欢"的人生智慧从何而来，他"一半清醒，一半释然"的心灵又具有一种什么样的斑驳底色。

现实主义的英雄化风格、平民化风格和寓言化风格，是梁晓声独特的创作风格。山东文友说，在《人世间》中，梁晓声以自然之眼观世，以自然之舌言情，深入尘世而又超脱尘世。

媒体人字农把梁晓声的《人间清醒》和陆庆屹的《四个春天》放到一起读，读出了生活的毫无逻辑。同样是散文，一个如北方冰天雪地般沉重冷硬，一个如南方斜风细雨样轻松清新——前者是《人间清醒》，后者是《四个春天》；前者是交响乐，后者是小夜曲。同样是才气，有的才气是在苦难中泡发，有的才气是在温柔中孕育——前者是梁晓声，后者是陆庆屹；前者是如椽巨笔写鸿篇，后者是蝇头小楷写册页。

《云中记》：一些将滑落，一些在上升

一滴水，就是一条河流。一条河流，就是一群人物，以及一群人物结成的复杂关系。

一块石头，就是一座大山。一座大山，就是一个村落。一个村落，就是一本书。

山川河流是否感人动人，人物书本是否入心入肺，既有真实也有虚幻，既有客观也有主观。

一些书，打开于这个酷暑，跨过万水千山；一些人，也在这个伏天与我相逢，隔着时空距离。今天，只想说说《云中记》，只想说说阿来。

《云中记》是一部小说，作者叫阿来，藏族作家，据说是四川省作家协会主席。在我的阅读中，这本书和它的作者一样，是一条诗意而美好的河流，是一座悲怆而庄重的大山。也许和阿来先写诗歌后写小说的文学经历有关，他的小说有明显的散文化倾向、诗意化特征。

书的扉页上写着这样几句话："向莫扎特致敬。写作这本书时，我心中总回想着《安魂曲》庄重而悲悯的吟唱。"我看《文学的故乡》系列纪录片时，阿来那一集的配乐就出现了《安魂曲·降福经》。

是的，文学的故乡。一部纪录片，穿越尘埃和岁月，唤醒了我的文学记忆，也唤醒了我对阿来的记忆。阿来成名很早，在我年轻时就知道他的成名作《尘埃落定》，至于读没读过这本书，我竟然毫无印象。

是的，文学的日常。看过《文学的故乡》中的阿来，我按图索骥，又找到了《文学的日常》中的阿来。在片中，他和文学评论家谢有顺行走于草木青翠的杜甫草堂。前几年，我和儿子一起到过这里，熟悉片中的场景，眼睛都舍不得离开屏幕。

四方不忌，广结良缘。

从《文学的故乡》到《文学的日常》，这些纪录片告诉我们，在逃避疾病与面对生死时，在靠近故土与挣脱故乡时，在沉迷日常与远离庸常时，我们为什么需要文学、需要作家。

《文学的故乡》和《文学的日常》，在这两部纪录片中，阿来的表情吸引了我：那是洞悉一切之后的平淡冷静，你甚至能看到犀利和漠然；那是经历一切之后的满怀悲悯，你肯定看到了体贴和纯粹。在矛盾中诗情画意，在对立中和风细雨，阿来是怎么做到的？意犹未尽，于是我买来了他的《云中记》。

打开书，合上书。读完《云中记》，看着空白页，我怅然若失，很久很久。云中村消失了，阿巴消失了，我的大脑一片茫然，很久很久。为一个人的坚守，一个人的救赎，我进入了虚室生白的境界，很久很久。

"2018年5月12日汶川地震十周年纪念日动笔，2018年国庆假期完稿。"这是阿来留在《云中记》最后的一句话。是的，这本书写的是汶川地震——却不是抗震救灾，也不是灾后重建。这本书写的是地震后——既没有活着的艰辛，也没有死去的悲痛。

那么，《云中记》到底是什么？是一个名叫阿巴的祭师执意去照顾死者的灵魂，安慰死者的情绪。活人有政府照顾，死人怎么办？"半吊子祭师"阿巴从移民村出走，回到地震后处于滑坡危险中的云中村，祭山也祭奠山神，祭祖也祈福后人。

他回忆，在情景交融中回忆。那些远祖那些近邻，那些善人那些恶人，自己的父母和妹妹，熟悉的生活与气味。值得思考的是，除了外甥仁钦，主人公阿巴的至亲在小说中都没有名字，而仁钦的女朋友也以"心爱的姑娘""音乐老师"指代，同样没有留下名字。

他面对，在百感交集中面对。那个断了腿却渴望跳舞的央金姑娘被包装、被利用时的痛苦，那个曾经充满暴戾却在震后发愿要独自抚养四个孩子的"中祥巴"在微信上引起的议论，那个听他唠叨远古传说的地质学博士所持的科学态度。

他吸纳，在无可奈何中吸纳。那架和云雀一样从天空飞过的无人机，那个载着游客急于盈利的热气球，那个偷偷绑在央金姑娘身上的摄影机，那株美丽迷人却被视为罪恶的罂粟花。

努力跳舞的央金姑娘，永远成不了都市里的明星，不是因为断了腿，而是因为她的心始终埋在故乡的废墟下。有一千多年历史的云中村，永远成不了阿巴的桃花源，因为那里虽有呦呦鹿鸣，但是泥土里、岩石下却埋葬着无辜乡亲的身体和灵魂。

意图照顾死人、安抚亡灵的人，算不算英雄？我不知道。我只知道，那些在惊讶、恐惧中死去的亡灵，那些重新开始生活的幸存者，那个在乡亲们中间翩翩起舞的央金姑娘，那个和村庄一起下坠、一起飘飞的真正祭师，还有那片山河，那片森林，那簇花朵，那群鸟儿，那截断腿，那具肉身，都安心了。

离开移民村到故土一心求死的人，是不是另类？我不知道。我只看到，阿巴的妹妹寄魂于蓝色的鸢尾花上，在儿子仁钦的窗台上悄然飞翔，已然绽放，那么忧郁，那么鲜亮，仁钦"心爱的姑娘"正对着花朵喊"妈妈"。

云中村和云中村的祭师消失了，但向死而生的人活了，死而后已的人活了，猝然死去的人活了，鞠躬尽瘁的人活了——他们，都活了。活，是因为鲜。鲜活，是因为救赎，来自阿巴的救赎。

"大地并不与人为敌，但大地也要根据自身的规律发生运动，大地运动时生存其上的人却无从逃避。……唯一的好处是这种灾难给我间接的提醒，人的生命脆弱而短暂，不能用短暂的生命无休止地炮制速朽的文字。就这样直到2018 年，十年前地震发生的那一天。我用同样的姿势，坐在同一张桌子前，写作一部新的长篇小说。这回，是一个探险家的故事。下午 2 点 28 分，那个时刻到来的时候，城里响起致哀的号笛。长长的嘶鸣声中，我突然泪流满面。我一动不动坐在那里。十年间，经历过的一切，看见的一切，一幕幕在眼前重现。半小时后，情绪才稍微平复。我关闭了那个写了一半的文件。新建一个文档，开始书写，一个人，一个村庄。"阿来的文字，和他的表情一样，有种魔力，让人困惑，也让人想要探索。"从开始，我就明确地知道，这个人将要消失，这个村庄也将要消失。我要用颂诗的方式来书写一个陨灭的故事，我要让这些文字放射出人性温暖的光芒。我只有这个强烈的心愿。让我歌颂生命，甚至死亡！"

因为阿来的这段话，我又买了本他的《空山》。

在翻开书页之前，山，空了吗？心，空了吗？

我自问，在这个湿热难耐的夏天。

《刀锋》：得道于异乡

从"一战"期间的《月亮和六便士》，到"二战"期间的《刀锋》；从艺术能否成为人性超拔途径的探索，到人类是否能够最终得救的艰难思考。盛誉下的孤独者、人世的挑剔者、人性的观察家毛姆，对人生价值和终极意义的追问，对自我完善与精神哲学的追求，于我们，具有极大的吸引力：他是一个引路人，也是一个解谜者。

围炉夜话时节，一家三口一直在读毛姆的小说。

儿子开学时，我们在他的行李箱里放了两本书，一本是法国作家司汤达的《红与黑》，另一本就是英国作家毛姆的《月亮和六便士》。两本书都读完后，儿子既称赞《红与黑》好看，又夸奖毛姆聪明细腻，继而推荐我们再读读毛姆的《面纱》《刀锋》等小说。

我和先生一鼓作气，把毛姆的《人生的枷锁》、卢梭的《忏悔录》、加西亚·马尔克斯的《爱情和其他魔鬼》、卡森·麦卡勒斯的《心是孤独的猎手》都买回了家。陌上花开，可缓缓归矣。好书太多，宜慢慢读啊。

读过小说《面纱》，发现同名电影也不错。故事发生在中国，男女主人公来自英国，男的爱女的，女的不爱男的，可称为"霍乱时期的非爱情"。之所以这么说，是因为一家人都对《霍乱时期的爱情》印象深刻，加西亚·马尔克斯的这部作品，远比《百年孤独》更加流畅、更为现实。

《刀锋》即将读完，我是一如既往地怅然若失，如同即将告别一个好友。先我读完此书的先生已经发出评论："毛姆先生笔下的女人，是脆弱的、无助的、宿命的。她们好像都不能跳出那些罪恶的、令人恶心的泥潭。《刀锋》里的索菲，在拉里的帮助下，好不容易从酗酒中挣脱出来，却又抵不住诱惑重归旧路，直至付出了生命的代价。《面纱》里的凯莉，因为一场生死考验，彻底认清了查利的虚伪和自私，却抵抗不住欲望再次委身于他。挣脱旧的自己、告别罪的状态，在毛姆的笔下是清醒的无力，是命定的无奈。毛姆对女性的观察和理解，让我们看到了一个男性对于冷静品质的骄傲，尽管有时这骄傲是不切实际的。"

我忍不住"手痒"，也跟着大发感慨："毛姆先生笔下的女人是挣扎的，男人却具备单纯的执着。《月亮和六便士》，他放弃工作与家庭，四十多岁后才去法国学画；《面纱》，他放弃生命与婚姻，到中国的霍乱病区去但求一死；《刀锋》，他放弃爱情与财产，只为只身到印度去求道。"从《面纱》到《月亮和六便士》再到《刀锋》，从一无所成死于霍乱到终于画成死于麻风病再到终于得道安然于世，毛姆笔下的男主人公完善了、解脱了。

是的，男主人公们逐渐得道，人生逐渐轻省，但世俗的拥有却越来越少，世俗的拖累也越来越小：从有家庭有婚姻以至没家庭没婚姻。《刀锋》里的拉里，干脆连爱情都不要了。他曾与伊莎贝尔订婚，但她却毁了婚约，嫁与富家子；他曾想娶索菲，但她却逃离了他，继续过自甘堕落的生活。

毛姆的小说，好像都在寻找人生的意义，都在尽力自我完善，《人生的枷锁》表现尤其突出。人生的意义，他找到了吗？自我完善，他满意了吗？我不确定。可以确定的是，他认为家庭、婚姻、爱情都是束缚，工作、财富、社交都是虚空。从这点来看，英国毛姆的小说与美国比尔·波特的纪实气息相投。

这个名叫比尔·波特的美国人引起我的注意，是因为《空谷幽兰》。书中对中国隐士的说法颇为新颖："隐居和从政被看作月亮的黑暗和光明，不可分而又互补。隐士和官员常常是同一个人，只是在他生命中的不同时期，有时候是隐士，有时候是官员罢了。在中国，从来没有体验过精神上的宁静和专注而专事追名逐利的官员，是不受人尊重的。"

循着《空谷幽兰》，我看到了《禅的行囊》。沿着中国禅宗的足迹，比尔·波特用一个月的时间，从中国的北方走到了南方。他的文笔轻松、幽默，他笔下的人物与风物亲切自然。"中岁颇好道，晚家南山陲。兴来每独往，胜事空自知。行到水穷处，坐看云起时。偶然值林叟，谈笑无还期。"大唐王维的《终南别业》很能代表他的心声。

无论是今天的比尔·波特还是早于他的毛姆，都曾到过中国，都对中国的"道"兴趣盎然。值得重视的是，毛姆笔下的人物也都得道于异乡：或法国或印度或中国，或海岛或山林或乡村。他们生活在社会最底层，生活极为艰苦，精神却高高在上，令人无法企及。他们甚至乐意迎娶底层堕落女子，源于她们不矫情、更自然，源于他们不世故、更平等。

个人认为，《刀锋》超越了《月亮和六便士》，《人生的枷锁》比《刀锋》厚重。《刀锋》的男主人公拉里超然、疏离，善良、平和，为人们指引了一条人之为人的道路。菲利普在《人生的枷锁》里经历了父母双亡、职业受挫、贫困无依等诸多磨难，却对他人捧出了慷慨和爱。

得道，为何会在异乡完成？

这里，我援引比尔·波特的说法：有人曾经向一位西藏上师请教证悟之法，他给出的答案是"离开你自己的国家一段时间"。因为，"做一个外国人可以使你有机会重新审视自己文化中习以为常或引以为傲的东西"。

忙碌了一天后，坐下来捧书夜读，真是种享受。中途，与儿子视频，听他聊起文艺复兴时期的欧洲史，感觉一扇窗又为我打开了。

此生无所长，唯有读书忙。我习惯了这样的内心独白。

《蔡京沉浮》：在历史的乌云中穿行

高温高湿的梅雨时节，我读完了陈歆耕的《蔡京沉浮》。去年秋冬曾读过他的《何谈风雅》。你读的书，是你熟悉的人所写，这件事本身就很有趣——你在欣赏中不知不觉会带入更多的挑剔，你进行的阅读一不小心也会代入自己的写作。

"真是一本好书，作者下了大功夫！"还没读完六页的自序，我的挑剔之刺就已软化，那根刺也成为推动我阅读并推荐他人阅读的"刺刀"。还没读完四百六十二页正文的一半，我的绝望感就频频降临，因为我知道自己写不出这样的作品。

《蔡京沉浮》是本精致而厚重的书，具有叙事的张力、语言的质感，富有严谨的考证、独立的见解。作者跳脱曲折、隐蔽的历史语境，从"圆形人物"入手，考量蔡京、蔡卞兄弟是否为"奸臣"，又具备什么样的"官场人格"；他秉持对"心灵科学"的浓厚兴趣，用大量史实作证，告诉你范仲淹、范纯仁这样的"君子"究竟有着怎样的"人格高标"。

国学大师陈寅恪有句话流传甚广："华夏民族之文化，历数千载之演进，造极于赵宋之世。"那么，"赵宋之世"到底是什么样子？《蔡京沉浮》告诉你，那是一个奇怪的共存体，一个无奈的糅合体，有着最流氓的士绅和最绅士的流氓、最高处的荣耀和最难堪的耻辱、最得体的文艺和最不雅的载体、流传后世的繁华记忆和当时无法面对的湮灭危机……

客观讲述历史，却又让"自己"时时置身于历史的场景之中，面对一个个历史人物，议论、感慨、悲愤。"不舍众生"，这是陈歆耕的慈悲之心。

曾被梁启超痛批为"秽史"的《宋史》，不仅把蔡氏兄弟排在"奸臣"之列，而且总是把他们的"奸"与倡导变法的王安石捆绑在一起，因为"崇宁"的宋徽宗本想继承宋神宗"熙宁"年间的变法大业，没想到"靖康之难"给赵宋王朝带来了灭顶之灾。

如果说"变法"是一根绳子，就处于两端的王安石与蔡京而言，这头的王安石堪称凤凰、高峰、鸿鹄，另一头的蔡京该是什么？"蚂蚱？沟壑？燕雀？相对应的比喻似乎都不合适。蔡京的复杂性就在于，很难用一个标志性的符号来为之定位。"我很佩服作者的胆量，敢为"奸臣"蔡京写出一本大书，且并未粗暴地采用那个最简单不过的"奸臣"标签。蔡京是政治上的"奸臣"，也是文学上的"圆形人物"，更是造诣颇深的书法家、宋徽宗的亲密文友，甚至还有些说不清的隐秘气质和奢靡人格。

如果说蔡京是无可争议的奸臣，那么范仲淹、范纯仁就是绝对的忠臣。虽然父子二人从政理念不尽相同，一个着力推动变革，一个倾向于逐步改良，但人品奇迹般地在同一巅峰上。陈歆耕直抒胸臆，给予他们高评："类似范仲淹、范纯仁这样的不唯上、持正、尊道的能臣和良臣，在中国历史上也是屈指可数的。"

滚滚长江东逝水，浪花淘尽英雄。浪花，也淘尽奸雄。写蔡京"这一个"，却又不肯受限于"这一个"，这是陈歆耕的超群之处。

因为梳理蔡京、书写蔡京，《蔡京沉浮》无意中为我们绘制了一张"裙带"地图，连接起了众多历史人物和历史事件。

他们是姻亲是同僚，有合作也有冲突。"北宋最帅女婿"富弼就曾当庭怒斥过岳父晏殊，从古至今都是美谈；蔡京和蔡卞兄弟性格迥异，长期不和——"蔡京一日无客则病，而蔡卞一日接客则病。"只有知道了他们的关系，才能在这关系中辨析出不同人物的性格、命运，才能懂得特定事件中他们的位置、视角、价值、意义。

是的，人活在关系里。《红楼梦》中，也有着复杂的姻亲关系，连接起了"贾王史薛"四大家族。以姻亲巩固关系，靠"裙带"寻求攀缘，大概是封建社会里最常见的"风景"吧。

陈歆耕的写作是在历史的乌云中穿行，文中鲜见时下盛行的油滑之气和做作之风，他的语言朴实，态度诚恳。我们读历史著作，不就是为了高华的气象、恢宏的气势和正直的气度吗？

阅读中，我五内沸然，恰如这个酷暑天。从《蔡京沉浮》出发，我又"按图索骥"，新购了几本书，在历史激荡的河流中寻找流向：蔡京次子蔡絛的《铁围山丛谈》、王夫之的《宋论》、梁启超的《王安石传》。奇妙的是，北宋的政治走向和朋党之争，暗流竟然一直是王安石变法——支持、推翻，推翻、重来。对此，王安石看得透："吾行新法，终始以为不可者，司马光也；终始以为可者，曾布也；其余皆出入之徒也。"

《蔡京沉浮》之外，"我的心略大于整个宇宙"——在历史的缝隙里，在众多的人物间，在闪烁着人性之光的字里行间。

《何谈风雅》：因风飞过蔷薇

历史随笔《何谈风雅》，是陈歆耕先生的"六十自述"。我因为深爱文学的缘故，所以牢牢记得他曾经是《文学报》的社长和总编。陈先生喜欢徐渭晚年的诗，《何谈风雅》自序题为《半生落魄已成翁》，自嘲中透出谦逊，令人敬服。

陈先生行踪甚远、涉猎颇广，考证过苏州同里古镇退思园的主人行迹、海上云台山陶渊明公的遗迹，论述过老子"圣人观"形成的"触发点"、林语堂《苏东坡传》的偏见与硬伤，探讨过龚自珍的儿子是不是卖国贼、乾隆年间极品美女阿扣的做法到底对不对，膜拜着成都杜甫草堂的唐代诗人杜甫、被历史烟尘遮蔽的《新华字典》之父魏建功，但他最用功处却在北宋那片"群星灿烂"的天空。

盛世风华，文昌星耀，大宋王朝的天空确实星光璀璨，如同陈寅恪先生所说："华夏民族之文化，历数千载之演进，造极于赵宋之世。"但陈先生并未像众多写作者那样大唱"宋"歌——这种单向一元的思维方式，浸透在我读过的很多书写大宋王朝的书中。这样的书写，忽略了最重要的一点："星光的亮度，常常与天幕的黑暗成正比。"这样的思维，也混淆了最简单的关系："莲出淤泥而不染，岂可连'淤泥'也要一起称颂？"

最优雅的风尚和最不雅的争斗、最淡然的文艺和最激烈的政治、最真挚的友人和最凶恶的敌人、最沉重的精神标高和最难宽宥的人为失误、众所周知的璀璨群星和隐藏其中的人才匮乏、高尚的忧乐天下情怀和下作的"高级黑"勾当、文人汇集的"西园雅集"和生不逢时的元祐党人……尽在《何谈风雅》这本书中。叙事、论理，夹叙夹议，陈先生善用"双峰对峙"和"二水分流"之法，而贯穿全书的，则始终是风骨和风雅——陈先生的，历代文人的，中国文化的。

"宋人从本来属于日常生活的细节中提炼出高雅的情趣，为后世奠定了风雅的基调。"这是当代学者扬之水的说法。烧香点茶，挂画插花，是宋人生活的"四般闲事"；香器、茶器、酒器、花器，宋人极尽优雅之能事。宋人朝堂的斗争哲学和百姓的生活美学一样，给后人留下极为深刻的印记。"先天下之忧而忧，后天下之乐而乐"的范仲淹，四次被贬被罢，临终前手抚几榻郁郁长叹；"回首向来萧瑟处，归去，也无风雨也无晴"的苏东坡，被贬斥流放无数次，陷入"乌台诗案"险些丧命；"日力不足，继之以夜"的司马光，平生志向并非编撰《资治通鉴》，而是在庙堂之上实现政治抱负；"恓怅有微波，残妆坏难整"的王安石，一场雄心勃勃的变法终归失败，罢相后黯然退归江宁半山园。

说到北宋，绕不过苏轼。提到苏轼，也绕不过章惇。他俩从密友变成仇敌，世人一边倒地抑章扬苏，而陈先生却认为苏轼、苏辙兄弟犯下了最难宽宥的错误。"乌台诗案"中，章惇为免苏轼一死，得罪皇上，顶撞时相，可谓真君子。神宗去世后，新党旧党交锋处于胶着状态。章惇被列为"三奸""四凶"之一，被旧党攻击、弹劾实属正常，出乎意料的是，苏氏兄弟竟然加入了对他的"恶攻"行列，复仇的火焰从此在章惇胸间熊熊燃烧。

在苏轼的交往对象中，有章惇这样从密友到敌人的，也有对苏轼始终"如一"的当朝驸马王诜。王诜，是"西园雅集"的召集人，大名鼎鼎的苏轼、苏辙、秦观、黄庭坚、李公麟、米芾、张耒都是"雅集"成员。宋代礼制特殊，公主和驸马接见宾客须特许，所谓"家有宾客之禁，无由与士人相亲闻"。王诜和苏轼的私交，不能不成为政治上高度敏感的事。在"乌台诗案"中，苏轼遭受了严厉惩罚，王诜也未能幸免：勒停两官、贬放外地。

大宋王朝群星璀璨，又是谁发出了"人才匮乏"的呐喊？还是忧乐天下的范仲淹。"国家乃专以辞赋取进士，以墨义取诸科，士皆舍大方而趋小道，虽济济盈庭，求有才有识者十无一二。况天下危困，乏人如此，将何以救？"历史证明，范仲淹不是耸人听闻而是有识之士，不是无病呻吟而是切肤之痛——很快，徽钦北狩，北宋灭亡。在陈先生眼里，堆积如山的歌"宋"文字，抵不上清代王夫之的一篇《宋论》——雷电穿云的笔墨、激浪排空的思想，虽有偏见，虽也偏激，但绝无当下"仰望星空"式的浅薄幼稚和"人云亦云"

式的单调乏味。

大宋帝国政坛上的能臣颇多，为何连范仲淹、王安石这样的栋梁之材都如笼中困兽，无法施展才华？他们是堂吉诃德式的斗士，是为苍生谋福祉的中流砥柱。回顾历史，当他们成为失败的斗士，大宋王朝就失去了续命的可能；当他们成为仅存的救命稻草，无辜百姓便失去了最后的依傍。

友人也好敌人也罢，忧国也好忧民也罢，"庆历新政"也好"王安石变法"也罢，俱往矣。"春归何处？寂寞无行路。若有人知春去处，唤取归来同住。"黄庭坚的词，说春也是说宋，写季节也是写历史。"春无踪迹谁知，除非问取黄鹂。百啭无人能解，因风飞过蔷薇。"在历史的风云中，"百啭无人能解"，只缘身在此山中，陈先生《何谈风雅》却为我们解读历史，揭开了谜底，让我们"因风飞过蔷薇"。

来去之间，来去一瞬间。在书的最后一页，我驻留了很久。抬起头来，层林尽染，是多么明丽的秋天啊！看久了，我仿佛看到了一个巨大的问号，印在书本中，画在天空上，刻到大地上，或是对一个人生命价值的巨大疑惑，或是对知识分子自身命运的深深拷问，或是对中华民族美好未来的殷切期望。

第五辑

十年辛苦不寻常

爱者大苦恼

秋阳灿烂，气温宜人。不用上班的日子，我暗自揣摩得失成败与生死荣辱——那些我不愿意说别人也不愿意听的人和事。半梦半醒中，出现了名为替闺阁女子立传实则须臾不离须眉宝玉的《红楼梦》。想到宝玉，自然也就想到了死亡。

"在我的眼下的宝玉，却看见他看见许多死亡；证成多所爱者，当大苦恼，因为世上，不幸人多。惟憎人者，幸灾乐祸，于一生中，得小欢喜，少有挂碍。"鲁迅先生《集外集拾遗补编》中的这句话深得我心。细细想去，真的是爱者大苦恼、憎者小欢喜。

"我常常戏说，大观园中人死在八十回中的都是大有福分。如晴雯临死时，写得何等凄怆缠绵，令人掩卷不忍卒读；秦氏死得何等闪烁，令人疑虑猜详；尤二姐之死惨；尤三姐之死烈；金钏儿之死，惨而且烈。这些结局，真是圆满之至，无可遗憾，真可谓"狮子搏兔"，一笔不苟的。在八十回中未死的人，便大大倒霉了，在后四十回中，被高氏写得牛鬼蛇神不堪之至。即如黛玉之死，也是不脱窠臼、一味肉麻而已。宝钗嫁后，也成为一个庸劣的中国妇人。钗黛尚且如此，其余诸人更不消说得了。"俞平伯先生的这段话，重在探讨《红楼梦》前八十回和后四十回的优劣。

在这些文字的间隙里，我试图寻找宝玉的身影："宝玉，你是这些惨烈死亡的见证人、亲历者吗？"

诚如鲁迅先生和俞平伯先生所言，宝玉确实看到了很多死亡。我发现，宝玉的"看"却不是亲眼所见，更没有临尸一恸的经历，他对死亡，是感知，是知晓。他和死亡挨得很近，却隔着审美这个距离，隔着时空这个距离，没有见到死亡本身的惨烈之状。

尤二姐吞金、尤三姐自刎、金钏儿跳井、鸳鸯殉主，这样的"猝死"使

她们留在宝玉记忆里的容颜依旧明媚鲜妍。秦可卿、贾母、凤姐、晴雯虽是病死，可那肉身也没到惨不忍睹的地步。而其他人的死亡，要么隔着时间距离，要么隔着空间距离——作者不忍心他的男主人公亲历那些痛苦，更不忍心他的读者眼见宝玉苦痛万分——宝玉总不在死亡现场。

亲戚秦氏姐弟之死、红楼"二尤"之死且不说，哥哥贾珠、姐姐元春之死也不提，至爱黛玉之死是宝玉不得不面对的剧痛。

金钏儿死了，他到井台上焚香缅怀；晴雯死了，他写了篇诔文祭奠。宝玉的两次祭奠，黛玉都有说法，宝玉的反应也不一样：一次发呆，一次脸红。

晴雯死了，一向不喜欢读书写字的宝玉写了一篇《芙蓉女儿诔》，前序后歌，洋洋洒洒。宝玉没能到晴雯的灵前祭奠，便来到芙蓉花前抒发自己的"凄惨酸楚"。读毕诔文，却见黛玉从芙蓉花里走出来，满面含笑地说道："好新奇的祭文！可与《曹娥碑》并传了。"听了黛玉的话，宝玉不觉"红了脸"。随后，两人热烈地讨论起给晴雯的祭文，宝玉改为"茜纱窗下，我本无缘；黄土陇中，卿何薄命"。黛玉本来就冰雪聪明，女孩子的第六感又敏锐，她已经从宝玉的祭文里隐约看到了自己的结局，因此一反常态，不再和宝玉理论文章的好坏，也不在乎宝玉的话是否造次。黛玉感受到了命运的玄机，宝玉也已经认定黛玉是可以"同死同归"的。但黛玉没能和宝玉"同死同归"，很快魂归离恨天。

祭奠金钏儿，黛玉借《荆钗记》说事："这王十朋也不通的很，不管在那里祭一祭罢了，必定跑到江边子上来作什么！俗话说，'睹物思人'，天下的水总归一源，不拘那里的水舀一碗看着哭去，也就尽情了。"黛玉对宝钗说的话，弄得宝玉竟"发起呆"来。

"不拘那里的水舀一碗看着哭去，也就尽情了。"黛玉的俏皮话还在宝玉的耳边回响，曾经一起祭奠别人的女孩子却成了被祭奠的人。"侬今葬花人笑痴，他年葬侬知是谁？"葬花的黛玉，最终是否找到了"香丘"？

金钏儿死了，宝玉跑大老远郑重地去焚香；晴雯死了，宝玉饱含深情，沉痛地写下诔文。黛玉这样相知相爱的人死了，宝玉却写不出诔文，也未能灵堂一哭。宝玉不给黛玉写祭文、唱挽歌，也许正契合黛玉的心思。

人，固有一死。有的以赴死的勇气求生，坚持"宁为玉碎不为瓦全"；有的反其道而行，坚持"好死不如赖活着"。黛玉，真的是宁为"玉"碎的女子，她在花花草草由人恋、生生死死遂人愿中完成了自己的升华。死亡，对黛玉来说，未尝不是一种圆满。

我读《红楼梦》的视角和别人不同，我看黛玉的眼光也和别人不一样，人们热衷议论的是她爱情婚姻的悲剧，我看重的却是她诗性人生的喜悦：她的诗作点亮了她的人生，那是光芒，更是锋芒。她的冰清玉洁、诗魂词魄，是我们的"理想国"；她的爱情绝唱、生命挽歌，是我们的"滑铁卢"。

桃花落了，宝玉想把落花撒到水里，黛玉坚持埋个花冢。宝玉总是从女子那里得到领悟，比如从龄官那里懂得情缘各有分定，而植物的凋落又给予宝玉启迪——生死存亡是他必须面对的现实。

如果说黛玉为的是"质本洁来还洁去"，那么宝玉最终看到的便是"白茫茫大地真干净"。"千红一哭，万艳同悲"的悲剧，注定了《红楼梦》和大团圆无缘。

三月香巢已垒成

贾宝玉神游太虚幻境时，警幻仙姑将自己的妹妹许配给他。仙姑妹妹什么样子？"鲜艳妩媚，有似乎宝钗，风流袅娜，则又如黛玉。"现实中，一个是宝玉的姨表姐，一个是宝玉的姑表妹。仙姑妹妹叫什么名字？乳名兼美，字可卿。现实中，可卿是贾珍的儿媳妇、贾蓉的媳妇秦氏。

将宝玉规引入正，警幻仙姑责任重大，而第五回之所以至关重要，是因为"全部情事俱已笼罩在内，而宝玉之情窦亦从此而开，是一部书之大纲领"。经典有纲领，恋爱有密码，《西厢记》成为宝玉和黛玉的"密码本"。

元妃省亲后，传谕宝玉同姐妹们在大观园读书。黛玉选了潇湘馆，因为爱那几丛竹子，宝玉就在怡红院，和黛玉挨得很近。两处住宅，一绿一红，又都清幽，适合读书，也适合恋爱。

沁芳闸桥边桃花底下，宝玉得偿所愿，开始了自己的秘密阅读。肩上担着花锄的黛玉来了，不到一顿饭工夫就将十六出看完，阅读感受极好：词句警人，余香满口。

共同的阅读，让宝玉和黛玉有了专属于自己的语境。你看，宝玉胆敢对黛玉造次："我就是个'多愁多病的身'，你就是那'倾国倾城的貌'。"黛玉听了，桃腮带怒，薄面含嗔，扬言要去告诉舅舅舅母。宝玉的"混账话"，就是《西厢记》中张生和崔莺莺的绵绵情话。等宝玉赔礼道歉、赌咒发誓后，黛玉"扑哧"一声笑了，回敬了宝玉一句："呸，原来是苗而不秀，是个银样镴枪头。"黛玉的脏话，其实是《西厢记》中红娘嘲弄张生的话。

这里，"多愁多病的身"明显是宝玉自比，"倾国倾城的貌"是宝玉对黛玉一贯的欣赏态度。陈寅恪先生的看法与众不同，他认为曹雪芹糅合了王实甫"多愁多病身"及"倾国倾城貌"——形容张崔两方之词，成为一理想中之林黛玉。言下之意，林黛玉一人兼具了"多愁多病的身"和"倾国倾城的貌"。

宝玉主动，黛玉热烈，他们自造矛盾，又自行解决。袭人喊走了宝玉，黛玉独自走到梨香院墙角外，听十二个苏州女子演习戏文。良辰美景、赏心乐事，如花美眷、似水流年。这是明代汤显祖《牡丹亭》的一折。大观园聚集之始，《西厢记》和《牡丹亭》作为爱的教科书，便迫不及待地出现了。

《牡丹亭》中，柳梦梅和杜丽娘"情不知所起，一往而深，生者可以死，死可以生"的深情程度同宝黛何其相似，但他们的自由境界，不属于宝玉和黛玉。

凤尾森森，龙吟细细。黛玉潇湘馆春困发幽情，宝玉在窗外就听到了黛玉那声崔莺莺式的长叹："每日家情思睡昏昏。"宝玉看到紫鹃，触景生情："好丫头，'若共你多情小姐同鸳帐，怎舍得叠被铺床'。"《红楼梦》中宝玉对紫鹃说的话，正是《西厢记》里张生对红娘说的话。

紫鹃对黛玉的忠心和对木石前盟的成全之意，绝不逊于红娘，三人自然可以玩笑。如果他们的话让外人听到，会出现什么状况？

刘姥姥满载而归，大观园尘埃落定。蘅芜苑中，宝钗冷笑着让黛玉跪下，要审问黛玉："好个千金小姐！好个不出闺门的女孩儿！满嘴说的是什么？你只实说便罢。"史太君两宴大观园，金鸳鸯三宣牙牌令，黛玉却当众说出了"良辰美景奈何天""纱窗也没有红娘报"。"护花主人"王雪香评得好，黛玉说《牡丹》《西厢》，"固见其钟情处，且可见其结果处"。

黛玉认错后，宝钗来了好大一篇说教："所以咱们女孩儿家不认得字的倒好，男人们读书不明理，尚且不如不读书的好，何况你我。就连作诗写字等事，原不是你我分内之事，究竟也不是男人分内之事。男人们读书明理，辅国治民，这便好了。只是如今并不听见有这样的人，读了书倒更坏了。……"宝钗的言词正大光明，从女孩说到男人，从男人们应该读书明理骂到不去辅国治民的读书人，结局也正大光明，一下子解了黛玉对她的"疑癖"，还捎带着把宝玉教训了一番。至于宝钗的"兰言"，黛玉到底是"服"还是"伏"，我们不好判断，事情还在发酵中。

宝钗给黛玉送燕窝，黛玉说起了心里话："你素日待人，固然是极好的，然我最是个多心的人，只当你心里藏奸。从前日你说看杂书不好，又劝我那些好话，竟大感激你。往日竟是我错了，实在误到如今。……"黛玉这篇"忏悔录"和宝钗那篇"罪与罚"一样，长，太长，深，太深。两个青春少女——黛玉本是仙草降凡，宝钗亦有青云之志，啰唆如老妇，意味更深长。

宝玉看到黛玉和宝钗亲密，暗暗纳罕，委婉问起："那《闹简》上有一句说得最好，'是几时孟光接了梁鸿案？''孟光接了梁鸿案'这七个字，不过是现成的典，难为他这'是几时'三个虚字问的有趣。是几时接了？你说说我听听。"当黛玉把自己说错了酒令、宝钗送燕窝等事告诉宝玉，宝玉才知道，原来是从"小孩儿家口没遮拦"就接了案了。

这次拿《西厢记》做"密码本"的似乎只有宝玉，黛玉基本不予回应。宝玉关心的"是几时"，其实是追问"密码"暴露的时间，黛玉口口声声为宝钗辩解，反反复复反省自己。宝玉听后有隐隐的担忧，但也没有明说，只说"我反落了单"。深意总迟解，宝玉的用心，不知黛玉后来是否明了一二。

三月香巢已垒成，梁间燕子太无情。接受过贾母的"掰谎记"、宝钗的"借扇机"，黛玉没再提起西厢、牡丹，魂归离恨天。

宝玉呢？出家了。黛玉和宝玉的"密码本"呢？不见了。也许在女性当权者抄检大观园时就没了踪影，也许在朝廷抄检荣国府前早失了灵性。但，谁又能挡住它们悄然流传？今天，《西厢记》那"愿天下有情的都成了眷属"《牡丹亭》那"花花草草由人恋"，终于可以读出声、唱出口了。

梁间燕子太无情

"贾宝玉奇缘识金锁，薛宝钗巧合认通灵。""比通灵金莺微露意，探宝钗黛玉半含酸。"

以上两句都是《红楼梦》第八回的回目，来自不同版本。黛玉若看到第一个回目，心里怎能不半含酸、眼里怎能不蓄满泪？宝玉和宝钗不仅同时出现，而且"识金锁"还得是宝玉的"奇缘"，"认通灵"竟成了宝钗的"巧合"。

这金锁是黛玉的心病，这奇缘是黛玉的梦魇。黛玉和宝玉仙界的木石前盟，竟然无法抵挡人世间的金玉良缘。"你有玉，人家就有金来配你。"黛玉言辞激烈，曾向宝玉一语道破"金玉良缘"乃人工炮制。"什么是金玉良缘？我偏说木石姻缘！"宝玉态度坚决，午睡时曾对床前绣鸳鸯的宝钗喊骂和尚道士。

宝玉落草时衔在嘴里的那块通灵宝玉，那块初会黛玉时要砸掉的"劳什子"，如今被宝钗托在掌上细细赏鉴——大如雀卵，灿若明霞。这，就是大荒山青埂峰下那块顽石的幻相。这块石头，有来历有故事，它是女娲炼石补天时唯一的落选者，也是一僧一道带到富贵地、温柔乡意图"受享"的历劫者，更是幻形入世、枉入红尘的记录者。

赤霞宫神瑛侍者，以甘露灌溉西方灵河岸上三生石畔的绛珠仙草，成就了那段木石前盟。当神瑛侍者凡心炽热起来，绛珠仙草决定和他一起造历幻缘，用下凡"还泪"来报答他的灌溉之德。

让我们从前世走到今生，从仙界来到人间，从太虚幻境转入大观园，看看这样的过往、这样的交情，到了俗世会遇到什么。

薛蟠的媳妇夏金桂是妒妇，容不得房中人，导致"美香菱屈受贪夫棒"，惹得宝玉向"王一贴"索要贴女人妒病的方子，引得王道士胡诌"妒妇方"。

在西方宗教教义里，"嫉妒"是"七宗罪"之一。夏金桂的嫉妒，杀伤力极强，体现在封建社会的家庭构建上——嫡妻与侍妾那永远无法调和的矛盾。我们厌恶夏金桂、同情香菱，夏金桂的嫉妒便自然而然是可恶至极的。而我们喜爱的黛玉也有些许嫉妒，先是有"妒花"一事，后又有"妒金"现象。前者好说，周瑞家的送花送到宝玉那里——黛玉在宝玉房中，黛玉说了句"我就知道，别人不挑剩下的也不给我"；后者是木石前盟和金玉良缘在俗世的对决，宝钗的金项圈和湘云的金麒麟，是黛玉无法回避的痛。

不要忽略第七回。"第七回专写凤姐与宁府往来亲热，为后来治丧埋根。中间带出秦钟、宝玉相聚，而先写凤姐夫妇白昼宣淫以作陪衬，又埋伏惜春出家、宝钗结局、香菱可伤等事，"王希廉看得清晰明了，"至于焦大醉骂，黛玉妒花，皆文人深笔。"

对于黛玉的嫉妒和吃醋，清代点评者给予不少恶评："与宝钗对照，是何口角！步步留心、时时在意者，固如是乎？杀机也。""黛玉开口尖酸，宝钗落落大方，便使黛玉不得不遁辞解说。""写黛玉替宝玉戴斗笠，实是疼爱宝玉。若是宝钗如此，又不知惹出黛玉多少话来。今默无一语，真是大方女子。两相形容，文章细活。"

宝玉的通灵宝玉是宝钗主动提出要看的，宝钗的金锁，却从她的丫头莺儿口中"不经意"露出——微露意。她们的对话大方得体，不着痕迹，"金"与"玉"一下子并列起来，直到宝玉脱口而出："姐姐这八个字倒与我的是一对儿。"

"二宝"正闲聊，外面人说"林姑娘来了"——当然，"二玉"情热时，宝钗也总是前来串门——他们总是这样互相打断。黛玉一见宝玉，便笑道："嗳哟，我来的不巧了！"就这一句话，"红友"们的评论翻了天："黛玉出话刺人，本非福相。""来的不巧，何等尖毒！旋即解释，何等敏捷！由其胸有慧珠，所以能口如炙毂。""一语括尽生平，正与巧合反对。"

宝玉等忙起身让座，宝钗因笑道："这话怎么说？"黛玉笑道："早知他来，我就不来了。"宝钗道："我更不解这意。"黛玉笑道："如此间错开了来着，岂不天天有人来了？"

"评论区"里，已经不再对比宝钗的大方和黛玉的小气，转向了黛玉的"含酸"。东观阁评论如下："此数句尚掩饰得过，以下则处处含酸矣。"姚燮这样"跟帖"："句中有句，林姑娘随处含酸。"

待黛玉接过紫鹃让雪雁送来的手炉，她便笑着"发挥"起来："我平日和你说的，全当耳旁风，怎么他说了你就依，比圣旨还快些！"当事人宝钗只好笑说黛玉"一张嘴叫人恨也不是，喜欢又不是"。旁观者大某山民对黛玉的态度跃然纸上："舌上有刀，我不愿见。"

为了仙界的约定，黛玉却被迫卷入俗世的爱情保卫战、婚姻争夺战，嫉妒斗气，被俗人断定为俗人，被俗世埋葬在俗世。

大观园里，黛玉有《西厢记》和《牡丹亭》作为爱的教科书，也有宝玉那句"你放心"作为爱的承诺书。遗憾的是，大观园，即便是太虚幻境在人间的投射和幻影，即便是闺阁少女的避难所、桃花源和伊甸园，也无法像太虚幻境那样，成全人成全爱。

脂砚斋说："黛玉一生是聪明所误，宝玉是多事所误，阿凤是机心所误，宝钗是博识所误，湘云是自爱所误，袭人是好胜所误。"与其说是"误"，不如说是性格注定或者是命运使然。命中注定的木石前盟，何谈"误"？人工炮制的金玉良缘，何谈"误"？它们的区别在于，一个是天上的情，一个是地上的缘。

宝钗的金项圈已经够黛玉紧张的了，湘云的金麒麟也没让黛玉少费心思。黛玉一次次提起湘云的金麒麟，一次次暴露自己的防范和怀疑。湘云到贾府走亲戚，带了绛云纹戒指来送人。你一言我一语，黛玉说湘云是个糊涂人，湘云笑道"你才糊涂呢"，宝玉夸湘云"还是这么会说话，不让人"，黛玉冷笑"她不会说话，就配戴金麒麟了"，一面说着，一面起身走了。宝钗抿嘴一笑，宝玉不由得也一笑。

黛玉敏锐却也多心，聪明却也愚蠢，心理活动非得说出来，自己忌讳的东西偏要留心着，明明该隐藏的态度反而亮出来。你看，她打趣湘云说"你哥哥有好东西等着你呢"；她挖苦湘云的麒麟会说话，湘云果真在蔷薇架下捡到了那个又大又有文彩的麒麟——惹得丫头翠缕笑说"可分出阴阳来了"；宝玉果然向湘云提起那个得而复失、失而复得的赤金点翠大麒麟——引得宝玉笑说"倒是丢了印平常，若丢了这个，我就该死了"。

金玉良缘尚热闹，阴阳麒麟又显形。"原来林黛玉知道史湘云在这里，宝玉又赶来，一定说麒麟的原故，因此心下忖度着：近日宝玉弄来的外传野史，多半才子佳人都因小巧玩物上撮合，或有鸳鸯，或有凤凰，或玉环金珮，或鲛帕鸾绦，皆由小物而遂终身。今忽见宝玉亦有麒麟，便恐借此生隙，同史湘云也做出那些风流佳事来。"黛玉为了防范"金"，不仅成为"怀疑者"，而且成为"跟踪者"，"因而悄悄走来，见机行事，以察二人之意"。

这样的黛玉颇为不堪，令人心酸。大家都是人精，都能看出事的脉络和人的心思。栊翠庵品茶时，妙玉嘲弄黛玉是"大俗人"，想想不无道理。不过，被人诋毁、被人嘲弄也有个好处，起码可以保持"生态"平衡，暂时生存下去。

黛玉走来时，听见湘云劝说宝玉走仕途经济一事，又听到宝玉说"林妹妹不说这样混账话，若说这话，我也和他生分了"。黛玉听了这话，不觉又惊又喜，又悲又叹：所喜者，他果真是个知己；所惊者，他在人前竟不避嫌疑；所叹者，你我既为知己又何必有金玉之论；所悲者，虽有铭心刻骨之言却无人替我主张。黛玉这些曲曲折折的小心思，固然值得同情、令人唏嘘，但也伤了她的德行，毁了她的健康。

我一直偏袒黛玉，认为她是女屈原、女贾谊，《葬花吟》和《桃花行》清醒自知，生命意识强烈。我也一直欣赏黛玉的无双才貌，认为她的《五美吟》见识超群，人生意象非比寻常。只是，她维护"木石前盟"的强烈欲望，令她深陷世俗，无法自拔。

俗世的黛玉，最终只能是俗人，成为悲剧人物——魂归离恨天。"木石前盟"来到人间，只能让位给金玉姻缘，演出悲金悼玉的红楼梦——到底意难平。

俗世里的黛玉是命短的悲剧人物，毁灭于红尘之中；仙界的黛玉却另有哲学精神和美学意义，完成历练，再登彼岸。

这，何尝不是一种圆满？

杜鹃无语正黄昏

农历三月，满目芳菲。铺天盖地的黄花打破了桃花、杏花和梨花一统天下的格局。满地的油菜花，满眼的油菜花，满嘴满眼的香和黄。天地一片金黄，金黄连着天和地，金黄连着现在和过去。

在漫天的灿烂和静谧里，我看到了一个叫林黛玉的女孩，她生在苏州长在扬州，后来投奔亲戚，寄居北方。

幼年的黛玉，一定见过春天张扬的金黄和含蓄的粉白，一定走过南方含情的风和含笑的水。那时，观赏油菜花已是苏州人的风雅盛事。《浮生六记》的作者沈复就曾在油菜花黄时，"择柳阴下团坐"，"烹茗"，"暖酒"，"是时风和日丽，遍地黄金，青衫红袖，越阡度陌，蝶蜂乱飞，令人不饮自醉"。这样的美景，这样的恬静，绝对少不了黛玉一家的身影。暖风烂漫，他们共望"黄金"；夕阳在山，犹闻他们的笑语。

后来，她带着满身芬芳、满身浪漫来到京都的贾府，开始了"步步留心，时时在意"的寄居生活。三月的美丽，心思的柔曼，只好慢慢隐藏到诗歌里，悄悄刻印到记忆中。

贾府有南方生存的背景，有强烈的南方情结。王熙凤的名字在"南省"叫作"凤辣子"，结局是"哭向金陵事更哀"。黛玉院子里，"凤尾森森，龙吟细细"，凤尾竹带有南方烙印。薛蟠从南方带来的土特产，由妹妹薛宝钗分送给贾家女眷，引起惊喜和哀伤。贾宝玉的"替身"甄宝玉生活在金陵，两人互为佐证，保持故事的完整。

黛玉的父亲林如海籍贯苏州，娶了名门闺秀贾敏，才有了和贾家的渊源。黛玉的母亲病逝于扬州城，黛玉登舟乘船来到京都，才有了和表哥贾宝玉的相遇。黛玉的父亲回苏州定居，紫鹃一句"你妹妹要回苏州家去"，才暴露了贾宝玉的情深义重。黛玉的父亲病死苏州，父母双亡的黛玉才能继续在贾府客居，演完自己的人生悲剧。

黛玉经常失眠，午夜梦回，南方会给她留下什么样的记忆片段？黛玉讲究饮食，日常生活，在贾家的规矩下她会保持多少自己的嗜好？黛玉特立独行，她的待人接物，她的服装、语言、精神、审美，会不会始终拘泥于南方特定的氛围？

《红楼梦》描述的"花柳繁华地，温柔富贵乡"，和南方必然血肉相连，贾府的繁华记忆在那里，黛玉的儿时记忆也在那里。

黛玉初到贾府，还在童年时代。那时，林黛玉"步步留心，时时在意"，是个乖巧懂事、小心翼翼的女孩儿，自称"只刚念了'四书'"。

在自己家里，黛玉的家庭教师是贾雨村。贾雨村把黛玉送到外祖母家后，不再做家庭教师，进入官场，开始了宦海沉浮的生涯。

此时，迎春姐妹也上学，当然上的是"女子学校"，不会和男孩子一起。黛玉远道而来，贾母才放她们的假："请姑娘们来。今日远客才来，可以不必上学去了。"贾家的姑娘们上学有规律，读书很认真，男孩子们则龙蛇混杂，学风很差，时不时打打群架，污言秽语一番。贾宝玉在"贾家之义学"读书，家塾里还有薛蟠、秦钟、金荣、贾蔷等族中子弟和亲戚。

黛玉略大，和表哥表妹一起搬进了大观园，开始了她的少年时光。大观园是"贵族寄宿学校"，采用自学方法，每个学生一个院落，上有"管理总监"李纨照应，下有丫鬟婆子等佣人照顾。黛玉的"宿舍"名叫潇湘馆，种满了凤尾竹；宝钗的"宿舍"名叫蘅芜苑，开满了各种香草；宝玉的"宿舍"名叫怡红院，几个美女下属帮他打理日常生活。当然，贾宝玉作为贾家的继承人，还被迫到家塾接受正规教育。

大观园里时而浪漫无比，时而充斥着青春期的莫名忧伤。他们写诗作画、钓鱼游园、搞野餐、起诗社、做针线，日子过得像飘着落红的流水。

黛玉的母亲和父亲先后去世，留给她无尽的孤单寂寞。外祖母的宠爱和贾家复杂的人际关系，带给她强烈的冲击。不知从哪天开始，黛玉变成了问题少女，早恋、说脏话、读成人书、听流行音乐。黛玉不再像小时候那样睁大双眼小心地打量外祖母家的一切，她的眼睛里多了激烈和不屑。黛玉不再低调地自称学历很低，她变得锋芒毕露，希望展示自己的才华，喜欢考试成绩名列前茅。

黛玉本来和宝玉两小无猜、青梅竹马，此时和宝玉情切切、意绵绵起来。她和宝玉一起偷读《西厢记》，后又听到孩子们在演习《牡丹亭》——《牡丹亭》的"如花美眷，似水流年"让她心痛神痴，《西厢记》的"花落水流红，闲愁万种"使她多愁善感。诗歌比赛时，黛玉脱口而出，竟然出现了成人书的内容，被薛宝钗发现。宝玉的成绩不见起色，惹得父亲非打即骂。黛玉成绩好，有时替宝玉做作业，比如作诗、写字什么的。

黛玉自小就谈吐不俗，气质高雅，行动自然。青春期的她学会了骂人，言语犀利而俏皮：湘云是"小骚达子样儿"，宝玉是个"银样镴枪头"，刘姥姥则是"母蝗虫"。

黛玉的少年时光一晃而过，转眼到了青春期，该谈婚论嫁了。"木石前盟"无法胜出，林黛玉以死亡终结了自己漫长的寄宿生活。

美人千里独沉吟

宝玉的性格不易被理解，行为却可爱，被大观园女孩子爱——与他思想、性格不同的宝钗也是爱之弥深。宝玉成了人人皆爱的对象，黛玉却成了宝玉一人爱的对象，旁人是不大喜欢她的，而宝玉却把她看得俨若仙子一般，五体投地地倒在她的脚下，敬重她、爱慕她。虽然贾府上上下下无不爱宝钗，宝钗又专门做圣人，宝玉却专门做异端——为人的路向上，先已格格不相入了。

牟宗三先生提到宝、黛、钗三人之间的关系，自然会让人想起金玉良缘和"木石前盟"在人间对决的姿态。在仙界，宝玉是神瑛侍者，黛玉是绛珠仙草，神瑛侍者以甘露浇灌绛珠仙草，他俩是木石情缘。宝钗是圣人、是通才，戴着金项圈，宝玉是"混世魔王"、是异端，落草时嘴里衔着通灵宝玉，他们在俗世的结合叫金玉姻缘。

"金"和"玉"的组合，也不限定在宝钗和宝玉之间。宝钗有金项圈，湘云有金麒麟，"金玉良缘"便有了两个版本。和宝钗、宝玉的"金玉之说"一样，宝玉、湘云的"阴阳麒麟"也曾引起黛玉的极度不适，或焦虑不安，或伤痛不已。

梅新林先生在《红楼梦哲学精神》一书中说，宝钗之"金"有大金和小金，黛玉之"玉"也有大玉和小玉，大玉是黛玉，小玉是妙玉，两人是"对立幻影"。陈其泰在《红楼梦回评》中也把妙玉和黛玉相提并论，"妙玉被劫，大是可怜"，而"黛玉辈不讳言情，乃得终保洁清耳"，所以"妙玉正是黛玉一流人"，正如梅花和水仙，风格不同，洁净是一样的。

妙玉是出家人，尘缘未断，也爱宝玉。栊翠庵品茶时，妙玉斥黛玉为"大俗人"，只因黛玉没喝出泡茶的水是梅花上的雪水，误以为是旧年蠲的雨水。黛玉、宝玉、妙玉的表现皆"可圈可点"，可品可叹，那些心理和心理活动，那些语言和身体语言，令读者"胸中三日作辘轳转"。置身于妙龄少女之间，作为"诸艳之冠"的宝玉"面面俱到，百节全灵"，是天下第一有情人、第一有心人、第一机变人，引得索隐派评点者王梦阮赞叹："吾不禁谓宝妙皆天人也。"

"宝妙皆天人"，黛玉自是绛珠仙草。黛玉抚琴，宝玉要去"看"，妙玉嘲弄说从古至今只有听琴的没有"看琴"的，宝玉在妙玉跟前低到尘埃里，自称"俗人"。抚琴的黛玉，怀有什么心思？跟着抚琴的黛玉，也许我们可以触及那些幽微之处——女性心理的、哲学精神的、传统文化的。

大观园才女如云，文艺活动颇多。这不，宝玉和妙玉别了惜春，走近潇湘馆，忽听得叮咚之声。

"风萧萧兮秋气深，美人千里兮独沉吟。望故乡兮何处，倚栏杆兮涕沾襟。山迢迢兮水长，照轩窗兮明月光。耿耿不寐兮银河渺茫，罗衫怯怯兮风露凉。"黛玉在潇湘馆内抚琴、吟唱，歇了一回，又歇了一回。妙玉在潇湘馆外山子石上坐着，一边听琴一边评论"何忧思之深也""君弦太高了""音韵可裂金石矣""恐不能持久"。正议论时，听得君弦"蹦"的一声断了。妙玉话没说完，竟自走了，弄得宝玉满肚疑团，没精打采地回到怡红院中。

关于"黛玉抚琴"这一情节，影视剧里选用的琴曲大不同。越剧《红楼梦》里出现的是《梅花三弄》，王文娟扮演的黛玉坐于矮几旁专心抚琴，不知道宝玉已经走进潇湘馆。87 版电视剧《红楼梦》中出现的是《流水》，陈晓旭扮演的黛玉坐着抚琴，宝玉站着在旁聆听，黛玉的表情逐渐凝重，当出现黛玉眉头紧蹙的特写时，琴弦断了。

《梅花三弄》来自晋代的一个传说。王徽之泊船于青溪码头，见桓伊从岸上过，便令人对桓伊说："闻君善吹笛，试为我一奏。"桓伊虽有武功却也擅长音乐，虽有大功却很谦恭，他虽不认识王徽之，但也久闻王徽之大名，于是便下车吹奏《三弄梅花》之调。吹毕，桓伊上车走了，宾主双方没有说过一句话。是真名士自风流，真正的魏晋风流啊！

古琴曲《流水》历史更为悠久。琴家伯牙善弹琴，樵夫子期善听琴。伯牙弹曲，子期听出"巍巍乎志在高山""洋洋乎志在流水"。子期能听懂伯牙的"高山流水"，怎能不被伯牙引为知音？子期死后，伯牙为之摔琴，终身不再抚琴。

对于黛玉弹奏的琴曲,妙玉懂得,宝玉不懂。那么,宝玉是不是黛玉的知音?对于宝黛之恋的结局,妙玉先知先觉,宝玉无知无觉。那么,妙玉算不算黛玉的知音?

明末清初的散文大家张岱记载了一段陈眉公的话,有助于我们理解宝玉的"不懂":"人有一字不识而多诗意,一偈不参而多禅意,一勺不濡而多酒意,一石不晓而多画意,淡宕故也。"以此类推,人有不懂乐器而多情意,也属正常。这样看来,宝玉依然是黛玉的知音,因为他"淡宕"。而视黛玉为"大俗人"的妙玉,怎么都算不上黛玉的知音,她只是能预测、有预感,虽然她"才华阜比仙"。

高山流水觅知音

　　贾母的艺术素养极高，携刘姥姥游大观园时，她这样指挥"家庭音乐会"："就铺排在藕香榭的水亭子上，借着水音更好听。"于是，"箫管悠扬，笙笛并发""正值风清气爽之时，那乐声穿林度水而来，自然使人神怡心旷"。这里，有箫管有笙笛，就是没有古琴。《红楼梦》后四十回，古琴出现了，且都和黛玉有关。

　　在黛玉"断弦"之前，书中明确交代了宝玉没见过琴谱，认为那是"天书"。宝玉发现黛玉在看一本奇怪的书，书上的字他竟然一个也不认得，便以一贯崇拜的口吻说："妹妹近日愈发进了，看起天书来了。"这句话惹得黛玉"嗤"的一声笑了："好个念书的人，连个琴谱都没有见过。"

　　宝玉回忆起曾经在父亲那里见过琴，书房里挂着好几张，但都"使不得"。黛玉笑过，仍然真诚地对宝玉说起学琴的经过："我何尝真会呢。前日身上略觉舒服，在大书架上翻书，看有一套琴谱，甚有雅趣，上头讲的琴理甚通，手法说的也明白，真是古人静心养性的工夫。……孔圣人尚学琴于师襄，一操便知其为文王；高山流水，得遇知音。"说到这里，眼皮儿微微一动，慢慢地低下头去。高山流水，固然可以得遇知音，高山流水，又何尝不是知音的得而复失？

　　黛玉是个好老师，先来了一篇"琴论"："若要抚琴，必择静室高斋，或在层楼的上头，在林石的里面，或是山巅上，或是水涯上。再遇着那天地清和的时候，风清月朗，焚香静坐，心不外想，气血和平，才能与神合灵，与道合妙。所以古人说'知音难遇'。"多么可爱的黛玉，多么可敬的黛玉！看完这段话，我终于理解了宝玉以及宝玉对黛玉的爱。黛玉父母双亡，诱发了宝玉的悲悯心；黛玉才华无双，引发了宝玉的崇敬心。

　　黛玉和宝玉开过"对牛弹琴"的玩笑，丫鬟送来两盆兰花——一盆给宝玉，一盆给黛玉。这次，宝玉同样并未察觉黛玉对着"双朵儿"花朵生出的心思，自顾说着："妹妹有了兰花，就可以做《猗兰操》了。"

"濡墨挥毫，赋成四叠，又将琴谱翻出，借他《猗兰》《思贤》两操，合成音韵，与自己做的配齐了，然后写出。"果如宝玉所说，黛玉"感秋深抚琴悲往事"，想起了《猗兰操》。《猗兰操》，又名《幽兰操》，是兰的礼赞，也是"忧愁而作"，相传是孔子假托于兰而言自己怀才不遇。

黛玉是在前人的基础上自创了琴曲还是为古老的琴曲重新填词？黛玉的高洁和深远，不是我们所能想象到的。只是，说黛玉亦梅亦兰，是高山是流水，恐怕没人会反对。

黛玉是绝世才女，她"忧愁而作"的"四章"和"四叠"送给谁了？不是宝玉，不是妙玉，而是宝钗。这个情节，和"金兰契互剖金兰语，风雨夕闷制风雨词"颇为相像。在黛玉的心底，宝钗到底是不是她的姐妹、她的知己？

书中说，黛玉和宝钗惺惺相惜，互传诗作，互致问候，但两人并未会面。此后，宝玉和妙玉在潇湘馆外静听黛玉抚琴，他俩也没见到黛玉。这个不见面的深秋，每个人都沉浸在自己的情绪里，悲情如同秋窗风雨挥之不去。

黛玉会抚琴、会写诗，写菊花诗时夺了魁，不仅自己会写诗还会教人写诗，成全了香菱原本高贵的诗性灵魂。宝钗会做人、会写诗，春天里的那场海棠诗会她就轻松拿到了第一名。贾家的四位小姐分别叫作元春、迎春、探春、惜春，谐音是"原应叹息"，贴身丫鬟抱琴、司棋、侍书、入画的名字也意味深长，明确指向琴棋书画四艺，暗示小姐们不同门类的艺术造诣——元春的琴、迎春的棋、探春的书法、惜春的绘画。

元春抚琴，原著里没体现，迎春的棋艺、探春的书法、惜春的绘画，书中都有描写。从宝玉吟诵的《紫菱洲歌》那句"不闻永昼敲棋声"，就可以想象迎春对下棋的痴迷和棋艺的精湛。惜春小小年纪，就被贾母委以重任，为大观园画幅画。探春屋里的布置完全是书法家的气派："三间屋子并不曾隔断，当地放着一张花梨大理石大案，案上磊着各种名人法帖，并数十方宝砚，各色笔筒，笔海内插的笔如树林一般。"

当然，大观园最闪亮的那颗星非黛玉莫属。最后，会弹琴的黛玉给了读者惊喜。这样的设置，让人物更丰满、更灵动，故事更有张力、更具弹性，也就是说，琴曲是对人物性格的补充，抚琴是对故事情节的推动。否则，只会写诗的黛玉岂不让读者觉得缺了些什么？

"窈窕淑女，琴瑟友之。"《诗经》里这句话所传达的友好和美好，直到今天我才深有体会。看来，黛玉是从《诗经》里走出的抚琴女子，一路携带魏晋风流，款款走进大观园这个诗意世界，默默写就《红楼梦》这个香氛时代。

富贵易得，富贵环境里的文艺范儿难得，富贵与文艺环境里的女子更是"极尊贵极清净的"。无论是甄宝玉还是贾宝玉，见到她们就像变了一个人，都是"温厚和平，聪敏文雅"，不复"暴虐浮躁，顽劣憨痴"。这，也许就是富贵与文艺环境里男子的"正邪两赋"吧。

如花美眷

黛玉、妙玉、香菱，都是姑苏人，或为当地"望族"，或为"书香之族"，或为"仕宦之家"，形成了《红楼梦》的姑苏女子群落。她们在"红楼梦"中相遇，在大观园里相识，或以师徒的名义，或以同乡的情谊，或以相通的灵魂，或以清高的个性，度人度己，自度他度。

姑苏城在《红楼梦》中有着独特意蕴，故事开篇即在姑苏城内，曹雪芹以一段"小荣枯"的故事涵盖了全书，也为《红楼梦》定下了悲凉基调。

无父无母的女子，自然有心理阴影和行为障碍，但作者却给予这些女子以深切同情和最高赞美。香菱，被拐卖妇女，"根并荷花一茎香，平生遭际实堪伤"；黛玉，下凡还泪的绛珠仙草，"秉绝代姿容，具稀世俊美"；妙玉，权贵难容的尼姑，"气质美如兰，才华阜比仙"。

这三个无父无母的女子，为什么都来自苏州？而这三个姑苏女子，又寄托着作者什么样的情感，隐藏着什么样的密码？

也许，我们可以从曹雪芹的家世入手寻找答案。胡适认为《红楼梦》是曹雪芹的自叙传，曹雪芹的祖父曹寅曾任苏州织造，接着兼任江宁织造，后专任江宁织造。而何其芳则认为"用'自传说'来抹杀了《红楼梦》的价值"，"现在的'色空说'和'微言大义说'实际上仍然是否定了这部作品在思想和艺术方面的巨大成就的"。

《红楼梦》虽不是自传体小说，却也离不开作者的生活。因此，曹雪芹写姑苏况味，又不仅仅是姑苏况味；写姑苏女子，也绝不受限于姑苏女子。姑苏这个地方是他祖上和亲戚曾经任职的地方，一定在他身上、心里留下了不可磨灭的印记和永不消逝的涟漪。

钱静方先生说得好："要之，《红楼》一书，空中楼阁，作者第由其兴会所至，随手拈来，初无成意。即或有心影射，亦不过若即若离，轻描淡写，如画师所绘之百像图，类似者固多，苟细按之，终觉貌是而神非也。"

钱静方的"空中楼阁说"，让我想起了木心先生的"水草说"，他认为《红楼梦》中的诗，如同水草，放在水中才好看。

不论是自传还是想象，不管是若即若离还是感同身受，《红楼梦》中的姑苏，作为姑苏女子的出发点和目的地，都承载着生命的诞生和灵魂的归宿。遗憾的是，姑苏虽是香菱精神气度的源泉，却成了她回不去的故乡；幸运的是，她在大观园中有过短暂的美好生活，诗意而宽松。

《红楼梦》既是一部忏悔录、忧思录，又是一曲家族挽歌、青春颂歌，更是对大观园女儿的集体赞歌。对此，作者曾借宝玉之口传递出两个理念："女儿是水作的骨肉，男人是泥作的骨肉。我见了女儿，我便清爽；见了男子，便觉浊臭逼人。""女孩儿未出嫁，是颗无价之宝珠；出了嫁，不知怎么就变出许多的不好的毛病来，虽是颗珠子，却没有光彩宝色，是颗死珠了；再老了，更变的不是珠子，竟是鱼眼睛了。"然而，香菱却是例外。

黛玉进贾府时，还是女童；妙玉进贾府时，已经十八岁，是个带发修行的俊俏尼姑；香菱进贾府时，身份尴尬，十几岁的少女却已和薛蟠有了瓜葛——却葆有灵魂的高贵和纯真。

宝玉生日，香菱弄脏了新裙子。宝玉回怡红院替她拿换洗裙子，心里还在想着，"可惜这么一个人，没父母，连自己本姓都忘了，被人拐出来，偏又卖与了这个霸王，因又想起上日平儿也是意外想不到的，今日更是意外之意外的事了"。

第四十四回，凤姐泼醋、平儿受辱，宝玉在怡红院里为平儿重新理妆，内心十分满足，"竟得在平儿前稍尽片心，亦今生意中不想之乐也"，感慨"极聪敏极清俊的上等女孩儿"平儿在"贾琏之俗、凤姐之威"间生存不易——周全妥帖仍遭荼毒。

对宝玉来说，促成香菱换裙和张罗平儿理妆是相同性质的事，就连心理活动都是一样的，为被欺凌的房中人"稍尽片心"而喜出望外。

对于香菱换裙，大某山民姚燮评曰："香菱换裙时有人在侧，佯教宝玉背过脸去；及袭人既走，即来拉手；以后脸红脉脉，至半晌方云裙子的事。其媟婉之痕，西江不能濯也。"

我总觉得，宝玉土埋夫妻蕙和并蒂菱一事，既不是香菱所说的"肉麻的事"，也不是他对香菱怀有隐秘的爱情之心；既不是"东施效颦"——效仿林妹妹葬花，也不是"爱博心劳"导致的意乱情迷。关于生命和生死，关于繁花和繁华，宝玉那时就已有了哲学思考，有了生命领悟。香菱，正是促使宝玉觉悟的女性之一。

《红楼梦》的情节进展，不仅有缓缓而来的，还有快速推进的。香菱的遭际情状，小说并没在开篇就和盘托出，而是缓之又缓、停之又停。英莲首次出现是在小说第一回，待到元宵佳节，又由家人霍启抱着去看社火花灯，结果走丢于人群中。之后，小说运用"横云断山"之法，导入甄士隐出家、贾雨村怀闺秀、贾夫人仙逝、冷子兴演说荣宁二府、贾雨村复旧职、林黛玉进京等事件之后，才开始接续英莲之事。

《红楼梦》在塑造人物时多用互文手法，推进情节时则擅长用对比手段，红白喜事，交错而进，迤逦而行，以至喜的更喜、悲的更悲。贾雨村洞房花烛夜之时——迎娶甄士隐的丫鬟娇杏，甄士隐却恰处于家破人亡之际——他本人出家，英莲走丢，封氏悲戚。在贾府"烈火烹油、鲜花着锦"的繁盛时期，黛玉则处于先丧母后失父的凄凉境地，此时，荣升的元春即将省亲，省亲别院紧急规划。而元宵佳节，从贾元春和甄英莲的角度去看，是冰火两重天，是两种无法勾连弥合的记忆——贾元春个人和家族的无上荣耀、甄英莲个人和家庭的灰飞烟灭。

英莲、香菱、秋菱，一个姑苏女子的名字改了三次。人名，暗示着人物的性格和命运。幼童时代，英莲度过了幸福的孩提时光；少女时代，香菱过上了一生中较为安稳的诗性岁月；少妇时代，秋菱忍受着惨遭蹂躏的奴隶日子。

"菱角花谁闻见香来？若说菱角香了，正经那些香花放在那里？可是不通之极！"将脖项一扭，嘴唇一撇，鼻孔里哧哧两声，拍着掌冷笑……提到"香菱"这个名字，夏金桂的语言和身体语言粗鄙透顶，接着，便粗暴地把香菱的名字改为"秋菱"。

本来，香菱盼着家里"添一个作诗的人"是不错的，错就错在香菱以偏概全、以己度人——认为凡是女子都和自己一样，都和黛玉、宝钗、湘云一样。黛玉，灵秀坦率；宝钗，随和豁达；湘云，英豪爽朗。那夏金桂，虽生得美，却如毒蝎一般，成为香菱的终结者。可见，美丽的躯壳下，并不都怀有一颗诗意而善良的心。

"举止形容也不怪厉，一般是鲜花嫩柳，与众姊妹不差上下的人，焉得这等样情性？"同情香菱的宝玉，实在看不懂夏金桂的言行。夏金桂这样的女人执掌家庭，必是"卧榻之侧，岂容他人酣睡"，香菱盼望薛蟠娶个女诗人的愿望落空了，大观园也不再是她的"理想国""伊甸园"。

庚辰本脂批在第四十八回中，曾将香菱与黛玉、宝钗等人做过比较："细想香菱之为人也，根基不让迎、探，容貌不让凤、秦，端雅不让纨、钗，风流不让湘、黛，贤惠不让袭、平，所惜者青年罹祸，命运乖蹇，至为侧室。"脂砚斋也给予香菱好评。

呆兄薛蟠行商远行，香菱搬到大观园和宝钗做伴，有了拜师学诗的机会。"我们成日叹说可惜他这么个人竟俗了，谁知到底有今日。可见天地至公。"贾宝玉替读者说出了心里话——香菱学诗，天地至公。

在家庭生活中，香菱越看越"英莲（应怜）"，而在学诗的过程中，香菱灵魂的香气慢慢释放出来，愈来愈可爱，愈来愈可敬。《金玉缘图画集》中《菱儿谈诗》一幅图，觉生评曰："学诗三月便能说诗中三昧，初学闺秀安能如此？阅者勿为所欺。"

对出身不俗却遭际不堪的香菱来说，诗歌不是高于生活的文学艺术，而是生活本身。生活中那个由孤独、苦难、恐慌和耻辱砸出的黑洞，唯有靠诗歌来填充。

成为"诗魔"的香菱，目的地从来都不是爱情，而是温柔富贵的故乡、观花修竹的父母，以及那个本名"英莲"的自己。成为自己，度脱自己，救赎自己，这是香菱毕生的使命。

香菱的结局，按照世俗的理解，就是悍妻灭娇妾的家庭悲剧，证明艺术的无力和诗性的失落。一旦跳脱世俗的理解层面，则高扬着艺术的救赎和补偿功能。诗歌，是她们的生活也是她们的救赎，是她们的所在也是她们的远方！

如果说香菱和黛玉是时代的女诗人，那么《红楼梦》能否称作藏有姑苏密码的小说版《离骚》？

似水流年

  1915 年 9 月 14 日，吴宓在日记里写道："中国写生之文，以《史记》为最工，小说则推《石头记》为巨擘。而此二书之声价，正以其所叙述皆琐屑而真挚也。"吴宓是二十世纪著名红学家，对《红楼梦》的热爱持续了一生，他不但反复阅读，而且能熟背一百二十回的回目。

  "寅恪少时家居江宁头条巷。"陈寅恪《柳如是别传》第一章《缘起》里有这么一句话。说起江宁，你还会想起谁和谁的园？是王安石的半山园还是袁子才的随园，抑或曹寅的楝亭？

  曹寅五六岁到南京，与弟弟曹宣幼承庭训，"余总角侍先司空于江宁"。"先司空"指曹玺，曹寅的父亲、曹雪芹的祖父。曹玺任职江宁织造二十余年，"清操惠政，久著东南"，手植一棵楝树，"树大可荫"，于是"作亭于其下"，名叫"楝亭"。

  曹寅，在南京长大，到苏州任职，回南京高就，在南京接驾，于扬州死去。曹寅的生活、工作和学习，基本没离开江苏。南京，姹紫嫣红，是他的荣耀之地；南京时代，也是他的辉煌之期、似水流年。

  《红楼梦》的轨迹，和曹寅很像，先从东南姑苏甄士隐一家的"小荣枯"开始，紧接着宦海沉浮的贾雨村到了维扬地面，随后贾雨村陪伴林黛玉北上，林黛玉抛父进京都，一进荣国府，贾王史薛四大家族的"大荣枯"拉开了帷幕。

  值得注意的是，极有可能是原型和背景的南京却被遮蔽起来，意图"真事隐"。虽有所遮蔽，却又刻意流露，期望"假语存"。"真事隐"和"假语存"这样的叙事隐喻，始终没有离开苏州和扬州这两座城市——苏州和扬州均是明写，而南京不是故事发生地，从未直接写出，但南京始终挥之不去，如影随形，南京活在红楼人物的履历和言辞中，成为符号和幕布，接近图腾和幻境。

  贾蓉是"江南江宁府江宁县监生"；贾雨村说也曾有人荐他到金陵"甄府

处馆"；贾母气得说"立刻回南京去"；宝琴笑着说"在南京收着呢"；平儿担心"拒婚"的鸳鸯，说她父母虽然"在南京看房子"，但终究找得到；史湘云戏弄贾宝玉，说他若再被打，可以逃到南京去找甄宝玉这个"对子"。

至于《红楼梦》中大观园的原型，也是说法不一，北有恭王府，南有随园或江宁织造署西花园。

曹家属于上三旗中的正白旗，是内务府包衣，江宁织造就隶属于内务府，因此，曹寅在一些场合说过"我非地方官"。曹寅在苏州任织造两年零八个月，当地百姓为他立了一座生祠："今从舆人之请，建生祠于虎丘。"此后，曹寅调任江宁织造，接替父亲曹玺生前的职位，曹寅的姻亲李煦则接替了他的职位。

康熙六次南巡，曹寅以江宁织造身份先后接驾四次。康熙第三次南巡时，御书"萱瑞堂"三字送给曹寅寡母。南京大行宫地铁站旁，两院院士吴良镛主持设计的江宁织造博物馆总是吸引着《红楼梦》爱好者。萱瑞堂精致小巧，被白墙绿水环抱、受蜡梅红枫浸染，匾额上"萱瑞堂"三个字赫然在目。康熙第五次南巡，曹寅奉命创办"扬州诗局"，刊刻《全唐诗》。《全唐诗》完成之后，曹寅又奉旨主持刊刻《佩文韵府》。1712年夏天，曹寅病逝于扬州，没能完成此次刊刻任务。

《红楼梦》中，林黛玉的父亲、贾敏的丈夫、贾母的女婿、贾赦和贾政的妹夫、前科探花林如海，出场并不多，却令人印象深刻。这个清净男人，总能让人联想到曹寅。林如海病逝于扬州，曹寅也病逝于扬州。林如海被朝廷派到地方管理盐务——"鹾政"，贾雨村曾在"这巡盐御史林家做馆"，做过林黛玉的家庭教师。曹寅也曾于1704年被任命为两淮巡盐御史，署理两淮地区的盐政——"巡视两淮盐务"，并于1706年、1708年、1710年三度连任。

为尽快处理亏空，康熙任命曹寅为两淮巡盐御史，由曹寅和李煦轮流督理。曹寅病逝后，康熙再次表现出了对曹家的厚爱，安排其子曹颙（曹雪芹的父亲）继任江宁织造。1715年曹颙病故，曹宣的儿子曹頫过继给曹寅遗孀，继任江宁织造一职。

尽管康熙朝曹家圣眷优渥，但亏空银两问题一直困扰着曹寅和他的后代。《红楼梦》中，赵嬷嬷和王熙凤聊天，一语道破"天机"："这不过是拿皇帝的银子，往皇帝身上使罢了，谁有钱买那个虚热闹去。"1727年，曹頫终因"行为不端""亏空甚多""骚扰驿站"等罪名被撤职抄家，导致曹家"树倒猢狲散"，"呼啦啦似大厦倾"。

曹寅当年曾对人预言"树倒猢狲散"，不料一语成谶。少年曹雪芹只得与家人一道离开南京迁往北京，也离开了庇护曹家七十余年、几代人的楝树和楝亭。"楝子花开满院香，幽魂夜夜楝亭旁。"曹寅友人施瑮的诗句，今天读来仍令人震撼。

史料记载，曹家尚有"京城崇文门外蒜市口地方房十七间半，家仆三对，给与曹寅之妻孀妇度命"，曹雪芹是否居住于此，尚无定论，不能确指。后来，曹雪芹流落到北京西山，穷困潦倒到"举家食粥酒常赊"的地步，要靠卖画来换酒喝。晚年的曹雪芹被朋友视作晋朝的阮籍，敦敏更是赞他"傲骨如君世已奇，嶙峋更见此支离"。

愤怒出诗人，文章憎命达，不朽巨著《红楼梦》诞生了。乾隆二十七年（1763）壬午除夕，"奋扫如椽笔"的曹雪芹在困顿中离开人世，把自己想说的话写进了《红楼梦》中，如同刻在石头上的"奇传"。

《终身误》《枉凝眉》《恨无常》《分骨肉》《乐中悲》《世难容》《喜冤家》《虚花悟》《聪明累》《留余庆》《晚韶华》《好事终》，这是《红楼梦》十二支词曲。了解了曹寅在江苏几地的行迹和短暂一生的辉煌，洞悉了江宁织造的浮世繁华和潜在危机，探索起《红楼梦》的创作背景和精神内核就容易得多。

从金农的冷到宝钗的冷香

老夫古态。千秋如对。昔年曾见。寄人篱下。空香沾手。风雨归舟。香林抱塔。长春之竹。不谢之花。

新购北京大学朱良志教授的《南画十六观》，略翻了翻，心里直赞"好书好书"。翻到第"十六观"，是《金农的"金石气"》。

金农居"扬州八怪"之冠，是清代雍正到乾隆时期特立独行的艺术家、声名卓著的金石家。他是独睡人，也是独醒者。他重视物质，又超然于物。他在金石缘中铸成冷香调，也在"耻春亭"里自称"耻春翁"。他的"长春之竹"是超越世相、没有落地沾泥之苦的竹子，他的"不谢之花"是凌寒傲雪、不与春花为伍的梅花。他，是半世踟蹰、"寂寥抱冬心"的冷寒人。他，是一生布衣、晚居扬州的杭州人。

提起金农的诗画，"西泠八家"之一的陈曼生说："冬心先生以诗画名一世，皆于古人规模意象之外，别出一种胜情高致。"说到金农的金石，清代梁溪秦祖永说："冬心翁朴古奇逸之趣，纯从汉魏金石中来。"金农的心是冷寂的，艺术是冷硬的，而冷又不止于冷，硬又不至于硬，正如朱良志所言，"金农的冷，是热流中的冷静，浮躁中的平静，污浊中的清净，将一切躁动、冲突、欲望、挣扎等都冷却掉"，他要在这冷中，"从现实的种种束缚中超越开来，与天地宇宙，与这个世界上存在的一切智慧的声音对话"。

"花枝如雪客郎当，岂是歌场共酒场。一事与人全不合，新年仍着旧衣裳。"金农对"旧"的执着，不仅在"着旧衣裳"上体现，也在"昔耶居士"这个号里流露。望向过去的他，是通过古与今的连接、新与旧的对比，寻觅精神的歇脚地和永恒点，追求独立真实的生命和支持生命的力量。

金农不仅从"今"中逃避，也从"春"中逃逸。蜡梅属于冬天，没有春天的妖娆，金农有诗云："雪比精神略瘦些，二三冷朵尚矜夸。近来老丑无人赏，耻向春风开好花。"而竹子属于秋天，从不随世俯仰，金农题诗："雨后修篁分外青，萧萧都在过溪亭。世间都是无情物，唯有秋声最好听。"

翻着书，看着画，宝钗的形象悄然出现在我眼前。和大运河文化密不可分的《红楼梦》中，宝钗穿半新不旧的衣服，住"雪洞"一样的房子，吃抑制热毒的"冷香丸"，身上散发着冷香，脖子上戴着金锁，为人是"任是无情也动人"，命运是"金簪雪里埋"。

也许，大运河畔的金农能启发我们去了解宝钗的命运和精神。虽然他俩没有任何关系，但是哲学上、精神上似乎又有不少相通之处。对金农来说，金石缘中铸冷香；对宝钗来说，金玉缘中藏冷香。

个人的爱好常常惹恼旁观者，年轻人的性情更容易激怒老年人。比如宝钗"雪洞"一般的闺房，就惹得贾母大发议论。宝钗居住的蘅芜苑一开始没让贾母失望，奇草仙藤，异香扑鼻，进了房屋，却是另一个世界："雪洞一般，一色玩器全无，案上只有一个土定瓶中供着数枝菊花，并两部书、茶奁、茶杯而已。床上只吊着青纱帐幔，衾褥也十分朴素。"对此，贾母先是叹道"这孩子太老实了"，接着摇头道"使不得"，最后联想到了自己："我们这老婆子，越发该住马圈去了。"

我一直心存疑惑，大观园里的蘅芜苑，是否被宝钗当作了终南山？终南山，是中国历代隐士潜心修行的地方。宝钗住的房子，室外长满奇草仙藤，室内雪洞一般。这样的方式，和终南山的隐士很像，有着出世的姿态和觉悟的意味，但她似乎又称不上大观园里的隐士，因为她追求金玉良缘的心思以及鼓励身边人追求仕途经济的愿望始终炽盛。

"金簪雪里埋"，她固守的"金"、追求的"玉"——金簪、金锁、宝玉和金玉良缘一步步捆绑了她。有位名叫落雪的作者说得好："黛玉没有被金锁锁住，被抛到时代外面去了；宝钗死抱着自己的项圈，却被活埋在时代里面。"

金农画的竹不喜不怒，金农画的梅寄人篱下，"胸次芒角""笔底峥嵘"尽数荡去，不平之气、愤怒之意皆被冷却。宝钗虽有"借扇机带双敲"的不理智时刻，也有嫁祸于黛玉的不光彩行为，但大多数时候都平和冲淡，在很多事件中也能清醒自知，模糊掉欲望的蠢蠢欲动，压制着少女的勃勃心机——她是套中人也是局外人，是旁观者也是参与者，是避嫌而去的那个人也是自证清白的那个人。

金农的冷、香和冷香，我喜欢，以至激赏。薛宝钗的冷、香和冷香我为什么就没有那么喜欢？原来，我更倾心于林黛玉。"注重现实生活的人们，你去喜欢薛宝钗吧！倾向性灵生活的人们，你去爱慕林黛玉吧！人类中间永远存在着把握现实功利和追求艺术境界两派；一个人自己也常可能陷入实际福利和意境憧憬的矛盾中。"王昆仑在《红楼梦人物论》中的这段话，一下子就打动了我。

"独立的意向是人性的表现，合群的意向同样是由人性所驱使；憧憬理想的超越意向是人之所以为人的特征，贴近现实、保持和谐同样是人类自我调节的能动性的表现。独立与合群之间、超越与调谐之间不仅往往不能两全，相反，它们常以势不两立的姿态出现，以致人们只能选择一种而拒绝另一种。"陈维昭《红楼梦精读》阐释得更透彻，延伸得也更深远。当然，我们都知道前者指黛玉——独立和超越，后者指宝钗——合群和贴近。

"天尽头，何处有香丘？"黛玉"求香"也"问香"，但心是热的、情是真的。葬花的她和吟咏《葬花词》的她，低唱着青春的颂歌，浅吟着春天的挽歌。"花开易见落难寻，阶前愁杀葬花人，独倚花锄泪暗洒，洒上空枝见血痕。"黛玉为春花呕心沥血，感慨青春的短暂和生命的无常。"质本洁来还洁去，强于污淖陷渠沟。尔今死去侬收葬，未卜侬身何日丧？"黛玉赋予落红人格魅力，却深感无力寻觅安身净土，无法解脱生命之苦。

此时，对于春天和生命，黛玉的态度迥异于金农。黛玉挽留春天，金农拒绝春天。黛玉在呐喊中彷徨，金农在万分笃定中一锤定音。

到了端阳佳节，人人觉得"没意思""淡淡的"，宝玉长吁短叹，他的"情性只愿常聚，生怕一时散了添悲"；正如"那花只愿常开，生怕一时谢了没趣"。黛玉和宝玉不同，天性喜散不喜聚，认为："人有聚就有散，聚时欢喜，到散时岂不清冷？既清冷则伤感，所以不如倒是不聚的好。比如那花开时令人爱慕，谢时则增惆怅，所以倒是不开的好。"此次，黛玉的见解，又和"耻向春风开好花"的金农有相通之处。"人人欢笑，我自惆怅，人人坦然，我自戚戚。"俞平伯的解读和演绎，向黛玉的内心走近了一步。

黛玉和宝玉之间没有现实中的金玉良缘，只有仙界的木石前盟。金农"木质玉骨"的字样，又让我想到了黛玉和宝玉——黛玉有木的灵性，宝玉有玉的通透。和金农一样，黛玉有幽香，黛玉有风骨，黛玉寄人篱下，黛玉出尘脱俗。只是，秉性高洁之人，何处安顿自己的灵魂？"风来四面卧当中"，何时才能"消受白莲花世界"？赤条条来去无牵挂，怎样绽放自己的生命？人生百年如寄，如何做好人世间的"寄儿"？

也许我们可以从曹雪芹的"正邪两赋"中找到答案。曹雪芹恰好也生活在雍正乾隆年间，和金农是同时代的人。"天地生人，除大仁大恶两种，余者皆无大异。若大仁者，则应运而生，大恶者，则应劫而生。"在冷子兴演说荣国府时，曹雪芹借贾雨村之名区分人的类别，"若生于公侯富贵之家，则为情痴情种；若生于诗书清贫之族，则为逸士高人；纵再偶生于薄祚寒门，断不能为走卒健仆，甘遭庸人驱制驾驭，必为奇优名倡"。如此看来，接受人和人之间的不同很重要。

也许我们可以从金农的"空香沾手"找到答案。既然香是空的，那么空香会不会沾手？太高妙的艺术精神，太精深的哲学内涵，那是超越执着，是勘破红尘，是躲避春天，是坚守冬天。最终，我们只能归到《金刚经》的那首偈中去："一切有为法，如梦幻泡影，如露亦如电，应作如是观。"

"一意孤行，另辟蹊径，意识超越的人用生命贯彻叛逆，而众人认为他们是失败者。被怀疑与蔑视。"当代女作家庆山的话，总让我想到曹雪芹和金农这样的"失败者"——宁愿以"失败者"身份来换取自己有限的"喜欢"，宁愿撕掉众人眼中"成功者"的标签去无限接近心目中的"喜欢"。

阅读中，写作时，我与自己对话，与智者对话，与冷香人对话，与伤逝者对话。想起自己曾对家人戏言，我的叛逆期从五十岁开始。别人以为人生已经定性甚至接近尾声时，我却认为自己的人生才刚刚起步。

做人世间的冷香人，像金农那样，如何？做红尘中的逸士高人，像雪芹那样，如何？做不了金农，做不成雪芹，只做自己，就做自己，又会怎样？

没有答案，一切却了然。

从范仲淹父子到曹寅祖孙

"乌台诗案""车盖亭诗案""同文馆狱案"……北宋的朋党倾轧愈演愈烈。吴处厚不惜以"语言文字之间，暧昧不明之过"构陷蔡确，借此来报"二十年深仇"，试图拔掉"眼中钉""肉中刺"。吴处厚的儿子都看不下去了，批评他爹"此非人所为"。后来，吴处厚"疽发于脑，自嚼其舌断而死"。满朝大员都在弹劾蔡确，范仲淹之子范纯仁站出来说"今日举动宜与将来为法式，此事甚不可开端也"，真不负其父"先天下之忧而忧，后天下之乐而乐"的胸怀！

高太皇太后下令："蔡确可英州别驾，新州安置！"新州乃岭南瘴疠之地，贬黜此地的人几乎有去无回。臣子们求情，太皇太后声色俱厉起来："山可移，州不可移也！"蔡确的老母亲拦住太皇太后的銮驾求情，太皇太后更是铁了心："不仅要贬，而且永不得放回。"当然，为蔡确说话的范纯仁也受到牵连，被贬知颍昌府。

元祐八年（1093）正月初六，蔡确客死于新州，享年五十六岁。同年九月二十三日，高太皇太后驾崩，死前交代大臣们"早求退位"，以方便"官家"（哲宗）另用一批人。令人不寒而栗的是，五年后，弹劾蔡确甚为凶猛的刘挚，也客死于新州这个流放之地，且在同一寺庙同一间房，史称"一室死二相"。

哲宗终于从高太皇太后的"臀背"后坐到龙椅上，开始独立执政。他继承的是父亲神宗的政治理想，走的是"熙丰"之路。作为"元祐党人"的苏轼、苏辙兄弟自然不受待见了。苏轼被贬海南儋州，全靠着惊人的毅力和悟性（苏轼曾得高僧指点），才得以活着离开瘴疠之地，但在回程的路上仍没能逃过死神之手，命丧常州。而苏辙被罢贬，理由是他"引喻失当"——把先帝神宗比喻成汉武帝。此时，为苏辙说公道话的还是范纯仁："史称武帝雄才大略，为汉七制之主，辙以比先帝，非谤也。"范纯仁不仅为被皇帝怒斥的苏辙辩白，而且还劝谏盛怒的年轻帝王："陛下进退大臣，当以礼，不宜如此急暴。"

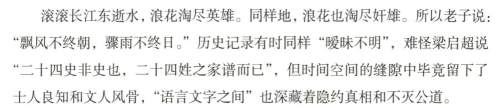

滚滚长江东逝水，浪花淘尽英雄。同样地，浪花也淘尽奸雄。所以老子说："飘风不终朝，骤雨不终日。"历史记录有时同样"暧昧不明"，难怪梁启超说"二十四史非史也，二十四姓之家谱而已"，但时间空间的缝隙中毕竟留下了士人良知和文人风骨，"语言文字之间"也深藏着隐约真相和不灭公道。

北宋的范纯仁，让我想到清代曹雪芹的祖父曹寅，他也曾为不相干甚至"不相中"的人说过公道话。这就必然要提到江苏的"城""事"，诸如苏州生祠、江宁织造和扬州书局。

在苏州织造任上两年零八个月后，曹寅调任江宁织造，接替父亲生前的职位。苏州百姓感念他的"治吴之道"，在虎丘为他立了一座生祠。江南鸿儒尤侗与曹寅往来密切，作了《司农曹公虎丘生祠记》。

尤侗写下曹寅在苏州的官声民意，袁枚《随园诗话》则记载了曹寅在南京的为人处世："康熙间，曹练（楝）亭为江宁织造，每出，拥八驺，必携书一本，观玩不辍。人问：'公何好学？'曰：'非也。我非地方官，而百姓见我必起立，我心不安，故藉此遮目耳。'素与江宁太守陈鹏年不相中。及陈获罪，乃密疏荐陈。人以此重之。其子雪芹撰《红楼梦》一部，备记风月繁华之盛，明我斋读而羡之。"

由此可见，曹寅光明正大，不记私仇，不摆架子，对百姓和同僚都很好。虽然与地方官不和，但对获罪的人没有落井下石，反而向康熙"密疏"推荐。插句题外话，这里，袁子才有个失误，"撰《红楼梦》一部"的，不是"其子"，而是"其孙"。

曹雪芹写《红楼梦》，泽被后代，为中国立起一座文学高峰。曹寅编写传奇，撰写碑文，也造福了一方百姓。

曹寅是内务府"包衣"、皇帝在江南的耳目，也是荣耀和危机集于一身的"家奴"、勤谨和忠诚代代相传的宠臣，得到过皇帝赐冰、赐樱桃、赐药品的殊荣。他奉旨创办扬州诗局和扬州书局，刊刻《全唐诗》和《佩文韵府》，以江宁织造身份先后接驾四次。康熙第五次南巡，曹寅不远千里去迎接，直至鲁南大运河畔的鱼台县；皇帝回銮，曹寅不辞辛苦去护送，直送到运河古镇扬州宝应。

人物，不论丹青留名还是遗臭万年，不管籍籍无名还是赫赫有名，都与时空黏合着，与时代分不开，与地理相关联。《红楼梦》的轨迹，就和曹寅的行迹很像，先从东南姑苏甄士隐一家的"小荣枯"开始，紧接着贾、王、史、薛四大家族的"大荣枯"拉开帷幕。

"都云作者痴，谁解其中味？"曹寅五六岁到达江宁，曹雪芹十二三岁离开南京。一来一去，有沉有浮，南来北往，接驾送行，唱的是"好了歌"——好即是了、了即是好；写的是"好事终"——古今将相在何方？荒冢一堆草没了。

"开辟鸿蒙，谁为情种？"曹寅之孙曹雪芹"奋扫如椽笔"，在困顿中写出这怀金悼玉的《红楼梦》，把"傲骨"和"嶙峋"写进小说里，如同刻在石头上的"奇传"。范纯仁之父范仲淹以"仁人之心"写出《岳阳楼记》，虽有"去国怀乡，忧谗畏讥"的萧瑟悲凉，却始终不忘"居庙堂之高则忧其民，处江湖之远则忧其君"。

"今日阶前红芍药，几花欲老几花新。开时不解比色相，落后始知如幻身。"唐代诗人白居易《感芍药花寄正一上人》的诗句，正适合我沉浸、延伸——"感红楼梦""感北宋史"，"寄曹雪芹""寄范纯仁"。

凡家庭，无论新旧大小贫富，都应有一种精神传承。古人曰："耕读传家久，诗书济世长。"今人云："好家风是传家宝。"曹寅和曹雪芹，范仲淹和范纯仁，传承的是公道正派和善良美好，当然还有诗辞歌章。祖孙之间、父子之间互相印证、彼此成就，长辈何其幸哉！后辈又何其幸哉！

她们的哲学

人活着，需要哲学指引，或多或少；而人身上，便有了哲学的光芒，或明或暗。这样的光芒，虽不足以照亮前路，但起码可以给自己一个说法、一个交代——与自己自觉和解，与世界必须和解。

贾府"四春"——一个儒家，一个法家，一个道家，一个佛家，姑且这样指代四位小姐吧。生者的年华，始终在哲学的年代。只有这样，才能在惨痛、混乱、无常中活下去、活下来。身处逆境中，濒临绝境时，知她无情有情？

元春、探春，积极有为，不同于迎春、惜春的消极无为。后宫里，元春贤德仁义，践行儒家的"修齐治平"；大观园中，探春杀伐果断，有法家"定分止争"的做派。吵吵闹闹时，迎春手捧《太上感应篇》，读的是道家的经典；纷纷扰扰后，惜春决意出家，青灯古殿读佛经。元春，最终"舍生取义"，探春，果真"趋利避害"；而迎春，人称"二木头"，惜春，人说太"孤介"。

元迎探惜，红颜的心到底有多高多远多深多痛？难道，人的一生便是从入世到出家的觉悟过程？若有缘，道亦是家；若有幸，世亦为佛。

妙玉不是道姑，是尼姑，她在大观园的栊翠庵带发修行。王善保家的就对王夫人说过妙玉"现在西门外牟尼院住着"，妙玉也是因为"听见长安都中有观音遗迹并贝叶遗文"才"随了师父上来"。

妙玉的身份和信仰一目了然，黛玉就复杂些。

贾雨村做过黛玉的老师，当时黛玉尚生活在扬州。冰清玉洁、孤标傲世的黛玉曾经有个圆滑市侩、虚伪自私的老师贾雨村，黛玉的父亲林如海亲自为贾雨村写了封推荐信，从此贾雨村走上了飞黄腾达之路。于是我们看到了贾雨村和门子主仆二人的"登龙术"和"厚黑学"，也看到了贾雨村的忘恩负义和道貌岸然——对甄士隐和香菱。

香菱的父亲甄士隐，黛玉的老师贾雨村，一个将真事隐去，一个将假语留存；一个遁世而去，一个入世而来。真事与假语，有恩与忘恩，看破与痴迷，每人有每人的因缘，每人有每人的结果。

人生的意外很多，所以才新鲜。谁能想到黛玉的老师会是贾雨村？贾雨村，受着喜鹊的教育却长成了一只乌鸦。对黛玉来说，学生不一定重拾老师的"衣钵"，更不一定继承老师的"精神"——牛粪里开出了芙蓉花。

母亲亡故后，黛玉初进荣国府。贾母问黛玉念什么书，黛玉的回答是："只刚念了'四书'。"黛玉又问姊妹们读何书，贾母没有正面回答，只说："读的是什么书，不过是认得两个字，不是睁眼的瞎子罢了！"这一句，有人认为贾母自谦，有人觉得她不重视女孩子的教育。也许，她说的是实话。从迎春、探春、惜春迥然不同的人生和人生哲学，就能略微感知姊妹几个所受教育的杂乱和参差。

黛玉读的"四书"，指《大学》《中庸》《论语》《孟子》，毋庸置疑，都是儒家的经典。不过，黛玉的诗作透露的却是道家思想。她的三首咏菊诗，都具解读价值——出现了晋代诗人陶渊明。"一从陶令平章后，千古高风说到今"，"孤标傲世偕谁隐，一样花开为底迟"，是《咏菊》和《问菊》的句子。到了《菊梦》，陶渊明这个诗人和"庄周梦蝶"这个典故一起出现："登仙非慕庄生蝶，忆旧还寻陶令盟。"

黛玉的佛家思想，表现在她和宝玉的"参禅"一事上。她的智慧，弄得宝玉竟然不敢承认自己"参禅"了。这场严肃的"参禅"行动，却由看戏开始。

宝钗点了一出《鲁智深醉闹五台山》，宝玉批评她"只好点这些戏"，说自己从来怕这些热闹。宝钗道："你白听了这几年的戏，那里知道这出戏的好处，排场又好，词藻更妙。"宝玉见宝钗说得这般好，便凑近来央告："好姐姐，念与我听听。"宝钗便念了起来，其中有"赤条条来去无牵挂"一句。宝玉听了，称赏不已，又赞宝钗无书不知。黛玉对他说："安静看戏罢，还没唱《山门》，你倒《妆疯》了。"说得湘云也笑了。

俗世中，小儿女的争风吃醋跃然纸上，小情侣的打情骂俏活色生香。显然，黛玉是知道这出戏的，湘云也懂得黛玉的弦外之音。散戏后，受到"刺激"的宝玉作偈"无可云证，是立足境"，黛玉看后说了句"无立足境，是方干净"——简直是六祖慧能对神秀了。宝钗将慧能和神秀偈子的高下娓娓道来，完全忘了宝玉的难堪——看来宝钗还没说够。

其实，儒道释的内力，早就在历史中融合，集于黛玉一身也就毫不奇怪了。至于，儒道释的戏份，早就在历史上写好了孰多孰少，个体不同也就不足为奇了。

她们的隐喻

《红楼梦》，充满了隐喻。你在书里看到了什么，就会在生活里发现什么；你想在现实里发现什么，就能在书中找到什么。现实不苍白，书本不单调，真是一种绝佳的契合，难得的合拍。

"原应叹息"，元春、迎春、探春、惜春第一个字合称的谐音。原应叹息的不仅仅是四个女子，还是四个不同的美梦。元春，那是荣华富贵的梦；迎春，那是妥协退让的梦；探春，那是泼辣进取的梦；惜春，那是孤绝决裂的梦。

元春告诉我们荣华富贵到底变成了虚空，迎春告诉我们妥协退让也要付出生命的代价，探春告诉我们泼辣进取不一定能如愿以偿，惜春告诉我们孤绝决裂只剩下出家一条路。

"四春"是姊妹四个，如花似玉，姹紫嫣红，是不同的人生、不同的梦境。黛玉、宝钗和湘云，则是人生不同的阶段、不同的心境。

黛玉应该是人自有智识以来的第一个阶段，青春时光。

那天，对于父母给他的设计，儿子说了句，"我不给自己留后路"。小伙子无意中的一句话引起了我的思考。不给自己留后路的从来都是年轻人，黛玉身上具备这种素质。

黛玉对爱执着，对人生也投入。在大家的利益和宝黛钗的"三角恋"旋涡里，败得一塌糊涂。败了也就败了，看开，放下便可。但，黛玉偏是宁为玉碎不为瓦全的主，宁愿选择"天尽头"的"香丘"。

如果黛玉隐喻的是青年时代，那么宝钗暗示的就应该是中年人。你看，她的处处心机，她的时时忍让；她的婚姻是家庭利益的载体，她对宝玉的那点爱被现实消磨殆尽，面目全非。此时，她的母亲需要她的安慰，她的哥哥需要她的挽救，她的嫂子欺负她，她的丈夫放弃她。而她所有的希望，便寄托在生养一个儿子上，这样，日子总算可以继续，即便她的丈夫不爱她，她的娘家不能容留她——续书给了她这样一个结局，含混地。

一片荒芜的尴尬，无法言说的艰辛，都在宝钗的身上和心里，她不敢像黛玉那样哭哭啼啼、率性而为，她一直小心翼翼、如履薄冰。以繁复程序炮制出的"冷香丸"，压制的永远是她自己的欲望，成全的却都是别人。

而湘云，似乎就到了老年阶段了，那是很好的人生状态：无所用心，随遇而安，生活得不费力气。虽然父母双亡的她也要靠做针线活贴补生计。

经历了繁花似锦，烈火烹油，终于洗尽铅华，删繁就简，没心没肺的心境慢慢出现了。湘云不在儿女情长上下功夫，也不为家庭责任用心思，来就来了、去就去了，富就富了、穷就穷了，爱就爱了、恨就恨了。

林黛玉是树——木秀于林，风必摧之；薛宝钗是雪——虽曾铺天盖地，终于销声匿迹；史湘云是水——随波逐流，圆润自如。

青春期，黛玉那样的——宁为玉碎，不为瓦全。我们怜惜她到了偏爱的地步，是因为我们不会拥有她那样决裂的勇气。

人到中年，宝钗那样的——吃力，却不讨好。我们不爱她却尊重她，是因为我们害怕自己落入和她同样的境地。

夕阳红了，湘云那样的——拿得起，放得下。我们喜欢她的轻松，也向往她的率真，是因为我们也渴望"第二春"。

老年生活，就是我们的第二春，那时的我们一定没有了决裂没有了决心，随心所欲和随波逐流注入了我们的气质和气魄。人说"曾经沧海难为水"，我们就是那曾经沧海的水！

她们的觉悟

　　大学同学说，《红楼梦》里，宝钗和宝玉、黛玉是心意相通的，是最能理解宝玉、黛玉的，因为他们都有一个破灭的世界观。《红楼梦》一部小说，讲的都是"悟"与"不悟"，是不同个性在"悟"上的不同反映，宝钗就是看破看开的那个人，早早得道的那个人。

　　原来，早慧的同学二十年前就已经读懂了宝钗。而我，一直对宝钗怀有成见，源于她对金玉良缘的默认、对宝黛爱情的觊觎。二十年后，再和同学交流，突然间醍醐灌顶，原来自己和宝钗也是息息相通、惺惺相惜的。

　　一个理想破灭的女孩儿，从豪富到衰微，从面热到心冷，从率性到伪饰，从繁复到简陋，从父母双全的娇娇女到母亲依赖的乖乖女，从"送我上青云"的雄心壮志到"眼前道路无经纬"的清醒自知，宝钗早早地悟了，早早地了悟，冷漠冷静，清醒警醒。

　　宝钗曾经那么热心热闹，如同她与生俱来的热毒。宝钗变得那么心冷意冷，如同她维持生命和健康的"冷香丸"。

　　双亲宠爱的宝钗，浸泡在繁华富贵里，是淘气的、缠人的、任性的。关于阅读量，黛玉怀春时才偷偷读了一本《西厢》，而宝钗早在七八岁时就读了《西厢》《琵琶》，以及《元人百种》。关于穿着打扮，宝钗曾经金银首饰满箱满柜，现在的她却"不爱花儿粉儿"，首饰压在箱底或者送给别人，连母亲都说她"古怪"。关于住处，宝钗是家里的顶梁柱，却住"雪洞一般"的房间，玩器全无，衾褥朴素。

　　就是这样的宝钗，怕看杂书闲书的黛玉移了性情，怕穷困潦倒的岫烟受窘受寒，怕父母双亡的湘云没有活动经费，劝在女人堆里混日子的宝玉追逐仕途经济。就是这样的宝钗，赢得了盛赞，也引起了误会。因为感情纠葛，黛玉首先拿她当情敌；因为政见不同，宝玉把她的话当作混账话；因为生活态度不一样，贾母看不上她的简朴素净。

对于宝钗住所的布置，别人犹可，贾母认为犯了"忌讳"，惹亲戚们笑话，话语里充满了火药味，小姐的绣房都搞成这样，"我们这老婆子，越发该住马圈去了！"

貌似热闹，貌似得宠，宝钗其实一直生活在孤独里。贾母好热闹，宝玉好热闹，黛玉会胡闹，湘云会大笑，袭人有用意，母亲不懂得，哥哥不争气，嫂子不是东西。被盛赞被追捧的宝钗，她的孤独寂寞一点也不逊于宝玉、黛玉。

宝玉生在纨绔里，长在膏粱里，在父母眼里却是"天下无能第一，古今不肖无双"的问题少年。父亲不疼，母亲不爱，姨娘和兄弟加害，宝玉在家庭和情感的夹缝里游弋，甜蜜而辛苦。

花柳繁华地里，宝玉是荒凉的；温柔富贵乡里，宝玉是寂寞的。宝玉的荒凉和寂寞一如恋人黛玉，只不过，黛玉是寄人篱下，宝玉是在自己家里，宝玉选择的是出世，黛玉则在出世入世的苦痛挣扎中魂归离恨天。

了悟前后的宝钗，放手前后的宝钗，选择的都是入世。

对于黛玉的热切，她有严厉的忠告——移了性情就是自毁形象，黛玉总算理解了她的善意，二人一度成为闺蜜。

对于岫烟的处境，她有冷静的剖析——人穷也不必妄加掩饰，岫烟是闲云野鹤般的女子，后来和宝钗成了姑嫂。

对于宝玉的出家，她有淡然的态度——走就走吧，袭人却不舍宝玉，搞不懂宝钗的无动于衷。

对于金钏儿的死，她有冷漠的看法——放弃生命的糊涂人，王夫人的良心因此得到安慰，感激宝钗的点拨提醒。

对于贾母的批评，她有淡定的做法——讨好不了也就罢了，贾母爱护外孙女黛玉，那是人之常情。

对于小红的私情，她有虚伪的掩饰——你们见到林姑娘了吗？宝钗春风拂面，内心却大骂小红"奸淫狗盗"。

对于袭人的再嫁，她有平静的处理——强扭的瓜不甜，留住袭人的是宝玉和他的荣华富贵，送走袭人的是没了宝玉也没了荣华富贵。

宝玉出家后，宝钗依旧安度时日，即使时日不静好，感情不美好，人生不安好。

直到小说结束，直到贾府困顿，直到宝玉出家，大家才明白过来，原来刚进贾府的宝钗就和他们现在的心境处境一样：看人来人去，无动于衷；听孰是孰非，心灰意冷。不同的是，悟了醒了的宝钗仍坚持着入世的人生态度。很多人不悟不醒，即使醒悟，出世时也不安心，入世时更不安宁，前者是宝玉，后者是黛玉。

宝钗的了悟，比宝玉早了整整"一个故事"。宝钗在故事的开头，刚踏入贾府大门之时；宝玉在故事的结尾，离开自家门槛的时候。黛玉一直是热切的、激烈的，从来到去，从生到死，都没有勘破红尘、放开自己，她消极避世的表象下藏着对爱情的缠绵和对人生的痴迷。

对宝钗来说，好即是了，了即是好，冷便是最热的热，淡便是最浓的浓。对人生的态度，她是冷冷的，对宝玉的感情，她是淡淡的。

也许，这就是悲悯情怀，也许，这也算积极人生。

我的《红楼梦》生活

读透《红楼梦》

回顾我这几十年，不能不感谢《红楼梦》。首先，它是一个思想深刻的朋友，助我走上文学之路。其次，它是一位品位独特的老师，引我踏进红学之苑。所以，在我心底和眼里，它就是一座富有质感的桥梁，连接起了文学和红学、古时和现在、我们和你们。

我来自江苏徐州，毕业于华中科技大学中文系。我目前的工作与文学和红学都没有任何关系，我常自嘲是"游离于高等学府和研究机构外的一只流浪猫"，而且还"隔着工作的铁栅栏"。当年发表在大学校刊上的毕业论文，是关于《红楼梦》叙事模式的。本该继续发力，遗憾的是，年少轻狂的我起了厌学情绪，和继续深造失之交臂。幸运的是，参加工作后，经过多年打磨与锤炼，我成了我想成为的那种人——作家，我坚守着我最喜欢做的事情——阅读。如今，我是中国红楼梦学会会员、中国作家协会会员、中国散文学会会员、中国报告文学学会会员，也是江苏省作家协会全委会委员，并到鲁迅文学院、中国作家协会北戴河创作之家学习交流过。

十年一觉红楼梦。

过去十年，专注于《红楼梦》研究，也热衷于各种题材和体裁的探索，不知不觉间写下几百万字的散文随笔。

因为风格的个人化和个性化，因为内容的思想锋芒和入世情怀，我幸运地赢得了红学界与文学界的双重认可：散文集《纵横红楼》获得第八届"冰心散文奖"，被前辈认为是"读《红楼梦》的现实思考"的专题性著作，由天津人民出版社出版发行的散文集《爱比受多了一颗心》，被同行称为"新红楼梦文化散文"，学术散文《香菱的故乡情结和生命救赎》刊发于《红楼梦学刊》，《花落去，燕归来——袭人三题》刊发于《曹雪芹研究》，还有大量作品发表于权威文学刊物和其他《红楼梦》研究辑刊。2019年夏天，"红楼梦学刊"公众号为整体呈现作者的思考，也为了方便大家翻阅旧文，推出"作者专栏"板块，首期推出的就是我的文章合集。这，给了我前进的勇气，也给了我不竭的动力。

近几年，尝试突破自我，致力于纪实文学创作。写作半径的拓宽，心胸眼界的阔达，让我更加关注《红楼梦》中的生活和生活中的《红楼梦》，更能理解《红楼梦》中的人情世故和人性美丑。贾母、宝玉、黛玉、宝钗、袭人，小红、彩云、金钏儿、傻大姐、多姑娘……《红楼梦》的主人公和小人物，被我放入当下，情场、职场和官场，被我拉入经典。

读者评价说，周淑娟对《红楼梦》的解读格调是清新的、舒缓的、恬淡的，鲜活而热烈，真切又生动，有深沉的爱，也有体贴的解，她关注其中的一个个事件，也对其中一个个人物充满了关切之情、悲悯之心，更在人物的关系里、事件的因果中抽丝剥茧、纵横驰骋。有的编辑给予我"领读者"的美誉，认为"那些活在曹雪芹经纬坐标上的人物，被周淑娟引领着，一步一步走入你的视线，一点点渗入你的生活，以至有了更清晰的轮廓，更清醒的寓意"。

在此类写作中，我始终坚持两点：尊重文本而不拘泥于文本，"六经注我"而不是"我注六经"。

因为尊重文本而不拘泥于文本，所以能从文本走向文化。以严谨的态度研读和引用《红楼梦》版本，同时却从不受制于《红楼梦》文本本身，在文本之外发散着中国文化、探寻着中国文脉，看到了黛玉用诗歌写就的"屈原精神"、宝钗以婚姻走出的"终南捷径"、湘云以行为演绎的"名士风流"等。

"把学术文章当作散文随笔来写，既是一种文体的尝试，又是一种对文学本身的尊敬，尽管我并不认为这种被称为'学术随笔'的东西就是完美的批评和评论文体，但是能够得到一些读者的认可就足矣。"南京大学教授丁帆先生前段时间如是说。我不写学术文章，却把对《红楼梦》的研读写成了文化散文，把对《红楼梦》生活细节的把握延伸到了精神层面，这也是我对《红楼梦》的推崇，我对《红楼梦》研究的尊重。

因为坚持"六经注我"而不是"我注六经",所以能避开"能力陷阱",得到更多的滋养。

《红楼梦》如同天书——天作之书,广之又广,深之又深,高之又高,儒道释皆有,出世入世用世俱备,你在现实中发现什么就能在书中找到什么,你在文本中领悟什么就能在现实中对应什么。我在写作《红楼梦》随笔时,囿于自己的认知和阅历,有感于现实的丑陋和复杂,文笔未免清冷、犀利,但评论家却读出了娴静和宁静、淡然和淡定。

黛玉在她的儒道释中挣扎,曹雪芹又何尝不是?迎春与惜春在她们的出世入世中沉浮,我们又何尝不是?爱与受,看上去如此相像,却又,貌合神离。如果你用繁体字书写"爱",你会发现爱比"受"多了一颗心。我对《红楼梦》,便是这样的爱。

"美,自灰烬生。"西方的《圣经》里有这么一句话。东方的《红楼梦》之美,也从时代的灰烬里生就,至白茫茫大地终结。正如端木蕻良在他的小说《曹雪芹》序言中所说的那样:"它是一个受孕的时代,又是一个难产的时代。它是一个挥金如泥的盛世,又是一个锦绣成灰的前夕。"

"红学再出发",多好的提法。以前,我总是将"红楼"中的各色人等,接入现世,拉进当下,还原生活场景,激活情感体验。今后,我将重新寻求精神之光和唤醒力量,以文化大散文回馈红学的滋养和师友的厚爱。

(本文系作者在"红学再出发(2021):《红楼梦》的经典化及其研究"学术研讨会上的发言)

当好"轻骑兵"

文学创作中,我喜欢尝试不同的题材和体裁,在《红楼梦》研究、纪实文学创作、历史散文写作和大运河文化研究等方面均下过一点功夫。《纵横红楼》一书曾获第八届"冰心散文奖",纪实文学两次列入江苏省作家协会重大题材文学作品创作工程项目。

长篇报告文学《贾汪真旺》,创作之初便入选江苏省作家协会2018年重大题材文学作品创作工程。由南京出版社出版后,获2020年南京出版社"十大主题出版图书",成为江苏省委宣传部 2020 年主题出版重点出版物选题、江苏省"礼赞全面小康致敬建党百年"主题出版重点出版物。此后又入选江苏省"十四五"时期重点电子出版物出版规划项目,获得第 35 届"华东地区优秀哲学社会科学图书奖",全本音频上线"学习强国"学习平台以及喜马拉雅、荔枝、蜻蜓等平台。

受此激励,我定点深入生活,要将脚步落在中国更为广阔的大地上,要将目光投向更为恢宏的时代背景,要将笔触对准那些不平凡的普通人。

序守文是一名退伍军人,现供职于国家电网沛县供电分公司。退伍之后的他,曾先后两次主动请战,前往"第二故乡"江西九江,投身抗洪一线抢险救灾,展现了一名退伍军人"退伍不褪色"的英雄气概,被中央文明办评为"中国好人"。

我经过深入采访,反映其不凡事迹的作品《永远是个兵》,发表于《中国作家》纪实版 2021 年第 5 期。2022 年元月,《中国作家》杂志为《永远是个兵》举办了研讨会。邓凯、何向阳、梁鸿鹰、徐坤、胡平、白烨、陈福民等与会专家认为,它的叙事节奏张弛有度,人物形象生动而立体,语言表达余味悠长且意韵隽永,复活了报告文学的"轻骑兵"传统。"学习强国"学习平台《文艺报》、中国作家网和中国新闻网等予以报道。

在投身报告文学创作之前,我研究和写作的兴奋点一直都在《红楼梦》这座高峰、这部经典上。十几年间,我创作了大量的随笔和散文,刊发于《曹雪芹研究》《红楼梦学刊》《中华读书报》《文汇读书周报》《文学报》《雨花》等刊物。我本人得到了江苏省红楼梦学会 2021 年度学术成就奖,读者也给予我"学者型作家""红楼梦领读者"的美誉。

几年前,我意识到自己的"写作瓶颈"出现了。为此,我从"红楼"走向"青山",从"贾府"走向贾汪,从书斋迈向田野,拿起文学的显微镜和放大镜,踏入现实主义题材创作领域,打量并记录更为波澜壮阔的中国当下。

这座"青山",就是乡村能人,就是产业工人,就是普通百姓,就是抗洪英雄。他们,是历史天空下的高峰和经典。历史观,我一直没放弃,我对时间空间、经度纬度很感兴趣——探索时间和空间包裹下的时代风向标,寻找经度和纬

度交叉处的人物坐标点。

从《贾汪真旺》出版开始，我就着手探索江苏运河文化和沿岸山乡巨变的关系。荣幸的是，长篇报告文学《香两岸》入选江苏省作家协会2022年重大题材文学作品创作工程，再次给了我主动呼应新时代脉动、持续发掘普通人光热的机会。

大运河，是"水上长城"，是"文化之河"。"黄运一体"徐州、"清口枢纽"淮安、"江河交汇"镇江、"城中直河"无锡、"三横四直"苏州，还有三星落地成名镇的宿迁、运河项链上的珍珠扬州、运河穿城而过的常州等等，都是江苏运河段的一颗颗明珠、一粒粒珍珠。写好这样一条文化的河流、历史的河流，也就是为保护好、传承好中华民族传统文化做些力所能及的工作。

两年来，利用古典文学功底进行历史资料的学习、积累、提炼，翻阅江苏运河史话、大运河人物故事、江苏运河文化遗存、徐州历史文化等资料。同时，利用一切时间，锤炼"见缝插针"的功夫，进行田野调查，深入运河沿岸了解风物风俗、文化文明、历史地理等，尝试历史文化背景下新时代长篇纪实文学的创作——摹写大运河江苏段的乡村振兴美丽图卷，反映一条河与一座座村庄的关系变迁，凸显新时代的山乡巨变与因河而兴的必然联系。这，对于调整经济与生态、民生与自然、文化与旅游的关系，思考过去与现在、生活与信仰、南方与北方的联系，不仅具有文学价值，而且富有现实意义。

从"贾府"（《红楼梦》研究）到贾汪（《贾汪真旺》），从长江（《永远是个兵》）到运河（《香两岸》），这是一般意义上的地理概念，更是我的写作经历和文学履迹。而深入生活，扎根人民，是我与人民群众的血肉联系；拓宽自己的写作半径，坚持"为人民"的创作，是我与新时代的血肉联系。

（本文系作者在江苏省报告文学主题创作座谈会上的发言摘要）